Arthur

Marie Vauban

Arthur

Éditions TÉLÉMAQUE et RD Éditeur

92 avenue de France, 75013 Paris
www.editionstelemaque.com
ISBN : 978-2-7533-0525-0

À mon père.

Arthur

Quelque chose ne tourne pas rond chez ma mère. Elle fait tout comme d'habitude. Mais en moins bien.

Tout au long de la journée, elle cumule les actes manqués, les à-peu-près et les pas-tout-de-suite qui chamboulent insidieusement l'ordre des choses et ma routine. Et cela, dès les premiers instants. Alors, au lieu de me réveiller à sept heures, elle apparaît dans ma chambre une quinzaine de minutes plus tard. Chaque matin, j'ai l'impression de débuter ma journée sur un faux départ. Pas le temps de me frotter les yeux, de m'étirer ou de profiter de la chaleur de mon lit encore quelques instants. Sans plus attendre, je me précipite vers la cuisine avec la pile de vêtements que j'ai choisis au hasard, attrape à la volée la tartine qui m'attend sur la table et la termine dans la salle de bains entre le moment où je mets ma chemise et celui où j'enfile mon pantalon. Je dois ensuite courir jusqu'au collège avant que les portes ne ferment, sortir mon carnet de liaison en vitesse, parfois rater l'appel, retourner à la Vie Scolaire, chercher un mot pour mon retard et commencer les cours sur les chapeaux de roues. La mèche rebelle qui se relève sur le dessus de ma tête, le col rentré d'un côté, sorti de l'autre, et la trace de chocolat qui persiste au coin de mes lèvres trahissent ma précipitation.

Un quart d'heure de retard, cinq fois par semaine. Au bout d'une année scolaire, j'ai calculé, ça ferait cinq cent quarante minutes. Je ne suis pas très doué en maths mais je crois que cela équivaut à environ neuf jours complets. Neuf jours passés à courir après le temps, pour rattraper mon retard, à subir le regard de mes camarades qui se retournent avec un rictus ou un froncement de sourcils lorsque j'arrive en classe bien après que la cloche a sonné. Ce n'est pourtant pas compliqué de mettre un réveil. Mais, pour une raison que j'ignore, ma mère n'y arrive pas ces derniers temps. Je lui ai proposé d'utiliser celui de mon portable mais elle me le confisque le soir au moment du coucher pour éviter que je l'utilise et m'assure que ça ne la dérange pas de continuer ce rituel encore quelque temps. Je n'ai pas l'habitude de dire à une adulte qu'elle conduit mal, que sa cuisine est fade ou qu'elle me réveille trop tard. Après tout, je n'ai que douze ans.

J'ai remarqué qu'elle n'achète plus la marque de pâte à tartiner que j'aime bien ; elle l'a remplacée par un truc bio, sans ceci et sans cela. À lire l'étiquette, c'est à se demander ce qu'il reste encore dedans. C'est meilleur pour ma santé, m'affirme-t-elle. Alors je mange ce truc insipide pour lui faire plaisir, parce qu'elle a lu ça dans un magazine et que, de toute façon, trop de sucre, ce n'est pas bon. Elle a décrété ça, ma mère. Du jour au lendemain. J'ai jeté un coup d'œil dans les placards de la cuisine pour voir si je ne pouvais pas discrètement troquer la pâte marron contre des biscuits plus ragoûtants, mais tous les paquets ont été remplacés par des gâteaux ronds à base de riz, de graines et de baies aux noms exotiques.

Une fois assis à ma place en salle B103, je n'ose pas ôter mon pull après ma course effrénée parce que mes habits ne sont pas repassés. Ma mère n'a pas eu le temps, ni l'énergie de le faire, mais elle me dit que ça ne m'empêchera pas de bien travailler. Sauf que moi, je ne veux pas arriver tout chiffonné devant Léonie. Je ne veux pas lire la déception dans ses yeux et je ne veux plus être la risée de mes camarades de classe qui parient à présent sur la durée de mon retard. Et pourtant, chaque matin, c'est la même histoire.

Quand je rentre à la maison en fin d'après-midi, ma mère est déjà là. Ces derniers temps, elle est dans la cuisine à faire la vaisselle de la journée ou allongée dans le canapé à écouter de la musique, les yeux dans le vague, une tasse de thé encore fumante entre ses mains. Elle est en arrêt sur image. J'en viens à me demander ce qui la rend si nostalgique, au point de rester prostrée ainsi de longs instants. J'ai remarqué l'eau qu'elle laisse couler dans l'évier sans réagir, l'éponge dans une main, un verre dans l'autre, et la façon dont elle sursaute quand je m'approche derrière elle, pour lui annoncer que je suis de retour.

Quand on est amoureux, on rêvasse en regardant en haut, vers le ciel par exemple. En tout cas, c'est comme ça que je fais quand je pense à Léonie. Ma mère regarde en bas, les yeux rivés sur le fond de l'évier, sur le tapis ou dans sa tasse. J'en déduis qu'elle ne doit pas être amoureuse. Est-elle encore triste que papa ne soit plus là ? Je ne pense pas, car ça commence à faire long maintenant. Je ne sais plus exactement, mais il me semble que ça fait deux étés et un bout d'hiver. Quelque chose comme ça. Elle est peut-être triste qu'il soit heureux avec une autre femme et qu'elle soit toujours seule, sans personne à aimer à part moi ? Elle n'a peut-être pas le temps d'avoir un amoureux parce qu'elle s'occupe de moi ? C'est peut-être de ma faute si ma mère est si triste.

Louise

Au début, j'ai senti comme une légère sensation de démangeaison. J'ai pensé que c'était peut-être la matière du soutien-gorge, ou la dentelle qui m'irritait. Rien d'alarmant. Puis cette petite gêne est devenue une boule qui cabosse légèrement mon sein gauche. Lorsque je regarde dans le miroir, je m'aperçois que mes deux seins ne sont plus tout à fait identiques.

J'ai tout de suite pensé au pire, puis je me suis ravisée. Il s'agit sûrement d'une mastose anodine liée au cycle ou à l'âge. Il paraît qu'après trente-six ans l'ovulation n'est plus régulière et provoque ce genre de désagrément pour nous rappeler que l'horloge tourne et que, à défaut d'enfanter, le mécanisme finit par s'enrayer. Je me suis même dit que si je n'y pensais pas, si je ne vérifiais pas, alors le problème n'existerait pas. Je repoussais ainsi le moment fatidique où ma vie pouvait basculer.

Mes seins ont eu une vie plutôt banale. Ils ont allaité, plu aux hommes que j'ai rencontrés, mais ils ne m'ont jamais donné de plaisir. Ils ont été purement fonctionnels. Alors peut-être y avait-il une logique dans ce processus de dégradation, comme la pièce d'une voiture qui a fait son temps, parce qu'elle a servi à faire tourner la machine, inexorablement, mais sans passion. À moins qu'ils ne soient en train de se putréfier par manque d'amour et de caresses.

Cela fait un moment que je n'ai pas retrouvé le plaisir d'étreindre un autre homme. Quand Thierry est parti, il a emporté ma libido avec ses affaires. Les quelques amants dont les mains se sont égarées sur ma peau ont pétri mes seins et pincé mes mamelons comme on tire sur le starter d'une vieille tondeuse avant d'enclencher la marche avant.

Le sexe sans émotion est comme un mets sans saveur ni couleur, et pourtant, quand je vois la tête que fait mon sein gauche, je me dis qu'après tout je devrais lui donner l'occasion de s'exprimer davantage. Il essaie peut-être de me montrer que ce n'est pas une vie de rester emballé dans du tissu qui gratte ou qui l'empêche de respirer, d'être restreint par des armatures rigides qui le cisaillent et le contiennent. Mon sein rebelle aspire à davantage de liberté, de sensualité, à pointer fièrement vers l'avenir et rebondir dans mon décolleté de manière désinvolte.

Alors, depuis, je les mets à l'honneur ; je les laisse flirter avec le coton de mon chemisier, je maintiens défait le bouton qui dévoile accidentellement le décolleté dans lequel s'invite le regard des hommes. La plupart d'entre eux aiment les seins, y compris ceux qui disent que ce n'est pas important ou essentiel, faute de mieux. Synonymes de sensualité, ils renvoient au plaisir régressif du giron maternel. Mes seins sont en harmonie avec ma physionomie : ronds, fermes et insolents. Je ne suis pourtant pas particulièrement grande ou jolie, mais cette nouvelle coquetterie ne laisse pas les hommes indifférents. Et je crois même qu'ils plaisent particulièrement à mon collègue Marc qui s'attarde régulièrement à mon bureau pour boire un café et discuter d'un dossier malencontreusement égaré.

Ce qu'il ne sait pas, c'est que l'objet de sa convoitise est peut-être en train de pourrir à petit feu. Et c'est cette ignorance qui ne fait qu'accroître mon envie de m'enfermer dans la salle des archives avec lui afin qu'il prenne mes seins à pleines mains avec toute l'intensité de son désir. C'est entre les dossiers de 2012 et 2013 que je me sens enfin animée par la flamme ardente de son appétit et la rage intérieure qui me consume malgré moi.

Une fois rentrée chez moi, c'est là que la honte me rattrape et m'accable. La honte d'avoir cédé à un élan de luxure aussi éclairée que la pièce était obscure et exiguë. La honte d'avoir nourri l'espoir fallacieux de le désirer pour mieux l'oublier ensuite. La honte d'avoir feint mon plaisir pour conjurer le sort. La honte d'avoir eu envie qu'il me remplisse de vie au moment où la mienne était peut-être menacée.

Arthur

Je me suis inventé un ami imaginaire, un ami à qui je peux raconter mes mésaventures sans qu'il se moque ou me juge. Je l'ai appelé *Thomas*. J'ai toujours bien aimé les Thomas, mais, depuis que je suis au collège, il n'y en a pas eu un seul dans ma classe. C'est un prénom intemporel, Thomas, qui va aux jeunes comme aux vieux. Un peu comme Arthur. Des prénoms classiques qui voyagent à travers le monde. Des prénoms passe-partout, en quelque sorte. Ma mère l'a choisi d'après le roi Arthur dont les chevaliers de la Table Ronde devaient protéger le royaume et mener la quête du Graal. Pourtant je n'ai rien d'un roi ; je suis plutôt freluquet, comme dirait mon grand-père. « Mais tu n'le nourris pas, ce gosse ! Il va s'envoler avec la prochaine rafale ! », répète-t-il assez souvent à ma mère avant de me gaver de chocolat à Noël et à Pâques lorsque l'on s'aventure dans les Cévennes chez mes grands-parents.

Mon asthme m'empêche de pratiquer un sport de manière intensive et je ne suis pas sûr que mes genoux cagneux supporteraient de courir trop longtemps, je risquerais de « m'emberlificoter les pinceaux » – une autre expression de mon grand-père. J'ai un petit carnet dans lequel je les note. Parfois, j'essaie de les utiliser à bon escient devant mes copains, mais ils me regardent avec des yeux ahuris, comme si j'adoptais le langage d'un autre temps. J'imagine que cela n'aide pas mon intégration. J'aime les mots désuets et les contes d'autrefois que me raconte mon grand-père. Il n'a pas fait la guerre mais il aime en parler pour s'inventer une jeunesse intéressante.

Mon grand-père Georges mange avec une grande serviette attachée à sa bretelle avec une épingle à linge qui recouvre ainsi son ventre rebondi. « Ce n'est pas un gros bidon, c'est mon abdominal ! », aime-t-il plaisanter avec ses petits yeux rieurs et ses sourcils en accents circonflexes.

Ma mère m'a raconté qu'il a eu une forte crise d'épilepsie avant ma naissance et qu'il s'est retrouvé avec un côté du visage paralysé. Les médecins ont même pensé à un AVC. Depuis, à chaque repas, ma grand-mère Charline le protège avec un torchon afin que les aliments ne terminent pas leur course sur sa chemise. J'essaie de ne pas trop fixer le coin droit de ses lèvres qui tombe, car ce n'est pas poli, mais parfois, quand il regarde ailleurs, j'essaie de ne manger qu'avec la moitié de ma bouche pour voir si j'y arrive.

Je ne la trouve pas plus tordue que le reste, moi, sa bouche. De toute façon, tout me semble difforme chez les personnes âgées. Leurs doigts sont noués comme des racines d'arbre, la peau pendouille dans leur cou comme les dindons, leurs bras ont la même consistance que du flan, il leur pousse même un oignon sur le côté du pied. Malgré cela, mes grands-parents n'ont pas l'air tristes d'être vieux ; mon Papi est toujours en train de plaisanter, et ma Mamie, de gesticuler dans tous les sens.

Ma grand-mère Charline est muette. Elle est née comme ça, mais elle est tellement expressive que j'en oublie son handicap. Avec les années, mon grand-père a appris à meubler les conversations et faire les questions-réponses. Plus il parle, plus elle gesticule. C'est sa façon à elle de se faire entendre, j'imagine. Elle est muette mais pas sourde, comme elle aime le suggérer. Parfois je me demande si, avec le temps, elle n'aurait pas préféré être sourde pour ne pas avoir à écouter toutes les sornettes de mon grand-père. Mes grands-parents sont tous cabossés mais j'envie leur dynamisme et leur gaieté. J'aurais aimé voir mes parents vieillir comme eux, de « traviole » mais amoureux.

Ils habitent dans une petite ferme avec quelques vaches laitières et des poules qui caquettent et déambulent parfois même dans le salon, ce qui a tendance à agacer ma Mamie et la faire gesticuler davantage. La vieille bâtisse principale en pierres est tout aussi bancale qu'eux, imprégnée de l'odeur du feu de cheminée. L'hiver est tellement rude et long, que la cheminée me paraît toujours allumée. Charline y fait parfois mijoter des ragoûts, et d'une pierre deux coups fait réchauffer leur vieille bicoque. Les seules fois où je suis autorisé à trifouiller la braise, c'est pour faire griller les châtaignes ramassées dans le jardin l'automne. J'attends patiemment que leur coque brune craque puis les retire. Ensuite j'aide ma grand-mère à les écorcer et les congeler pour la soupe. Je préfère leur odeur à leur consistance qui me donne la bouche pâteuse, comme si je mâchais du ciment.

« La crème de châtaigne, ça se mérite ! », annonce mon grand-père en regardant les rangées de bocaux. Et je comprends mieux pourquoi, après avoir passé la matinée à me piquer les doigts sur leur enveloppe hérissée pour en extirper les châtaignes et les avoir fait cuire à nouveau dans l'eau bouillante pour ensuite gratter la fine enveloppe blanche récalcitrante autour de la graine, et stérilisé les bocaux. Le lendemain, au moment de manger la crème mélangée au fromage blanc de la ferme, mes doigts se souviennent encore de la réaction allergique aux bogues. Chaque année, je me dis que c'est la dernière fois que je ramasse les châtaignes, mais, au moment où je commence à rechigner, ma grand-mère joue également la carte de la surdité soudaine. Je la suspecte parfois de profiter d'être muette pour qu'on ne lui refuse rien.

Mon truc favori quand je vais chez eux au début de l'automne, c'est la cueillette des champignons. J'aime le grincement des paniers en osier, l'odeur de la mousse, la fraîcheur des sous-bois, la hauteur des arbres, le bruissement des feuilles, le silence des sentiers, la terre sous mes ongles et le couinement de mes bottes de pluie. Je suis tellement happé par ma chasse aux champignons que j'en oublie d'attendre mes grands-parents qui se dandinent comme des Barbapapas, loin derrière moi. Ils avancent, clopin-clopant, armés d'un bâton et d'un panier chacun. Je cours alors vers eux pour leur montrer fièrement ma trouvaille.

— Alors, cette cueillette ? me demande mon grand-père.

— J'en ai trouvé plein par là-bas, lui dis-je en montrant du doigt les arbres sur la gauche, tout en essayant de reprendre ma respiration.

— Ouh là, malheureux, regarde ce que tu as ramassé, gronde-t-il en attrapant un champignon trapu au chapeau conique jaune et au pied blanc charnu. Tu veux nous empoisonner ?

— C'est un champignon comme ceux que tu m'as montrés !

— Sauf que celui-là, il est jaune doré. C'est un tricholome et il est très toxique ! Ce n'est pas un bolet. Il y ressemble, mais c'en n'est pas un. Il faut faire très attention avec les champignons ! Il est un peu comme ton grand-père ; il n'en a pas l'air comme ça mais... glousse-t-il en secouant son doigt en l'air.

— Je ne le savais pas. Je baisse la tête de déception.

— Si c'est mon héritage que tu vises, tu vas être déçu, dit-il en riant davantage, passant sa main dans mes cheveux pour me consoler.

Je les aime bien mes grands-parents et je n'ai pas hâte qu'ils meurent. Je n'y pense jamais mais quand mon grand-père Georges parle d'héritage, même pour rigoler, cela me donne envie de pleurer. Je sais bien qu'ils ne sont pas éternels mais j'ai peur du jour où je ne les verrai plus. C'est de ça dont je parle à *Thomas*, dans ma chambre au dernier étage de la maisonnette, la tête sous la couette, éclairée par la torche de mon téléphone, pour m'assurer qu'ils ne m'entendent pas.

C'est la première fois que je passe mes vacances scolaires avec eux pour la Toussaint sans ma mère.

Elle avait du retard dans ses dossiers et quelques rendez-vous médicaux. « Rien d'alarmant, juste des examens de contrôle, comme la voiture, ou la chaudière avant l'hiver ! », m'a-t-elle assuré en souriant au moment où j'allais à la gare de Montpellier.

Louise

En prenant le bus qui m'amène au bureau tous les matins, je m'amuse à essayer de deviner la vie des gens : leur métier, leur situation familiale, leurs passions et leurs activités. Je me base sur leur parfum, leur allure, leurs vêtements et leur expression du visage. Je repère les stressés, les rigides, les feignants, les pressés et les couples illégitimes à travers leur regard ou leur gestuelle. Il y a aussi ceux qui prétendent, ceux qui rêvent et ceux qui pleurent. Je devine tout aussi bien leur fatigue, leur passion, leur égoïsme et leurs mauvaises manières. Je le fais depuis des années, et tout ça, en les observant en silence.

Ce matin cependant, assise dans la salle d'attente du centre de radiologie, l'ordonnance de ma gynécologue à la main, je cherche en vain une forme de réconfort et de connivence auprès des autres patients. Je ne parviens qu'à imaginer leur crainte, celle qui nous met tous sur un pied d'égalité devant la maladie. Je ne discerne que des esprits torturés dans des corps potentiellement malades. Personne ne parle, l'atmosphère est pesante, étouffante, irrespirable même. L'examen routinier qui peut s'avérer salvateur peut tout aussi bien être dévastateur, tel un domino qui tombe, entraînant ainsi la chute des autres. Il n'y a certes pas de demi-mesure dans la mort, pas de compromis, peut-être un sursis, mais il existe plusieurs nuances possibles dans la maladie. Aujourd'hui, j'ai envie d'être optimiste et de croire qu'en cas de mauvaise surprise je ne serais qu'à moitié malade, et donc déjà à moitié sauvée.

Nous sommes placés les uns en face des autres autour d'une petite table sur laquelle sont disposés des magazines féminins, de sport ou d'aventures, comme pour nous inviter à un dernier voyage avant le verdict fatidique. Je n'ai aucune envie de les feuilleter, je n'ai aucune place pour le rêve, aucun enthousiasme pour la lecture et encore moins pour la consommation. Les Maldives ne sont plus que des îles lointaines et inatteignables, les belles tenues des artifices futiles et les articles de presse des informations inutiles.

Lors de la Première Guerre mondiale, l'Oncle Sam de James Montgomery Flagg invectivait les passants avec son doigt, incitant les jeunes Américains à s'engager dans un conflit qui n'était pas le leur. Il n'est pas question d'honneur national ni de paix globale cette fois-ci. Il s'agit davantage d'une bataille personnelle livrée contre la maladie que je devrai affronter seule. Des affiches aux couleurs pastelles sur le mur expliquent comment un geste peut sauver. « Palpez-vous ! », peut-on lire à l'impératif. Le mot « palpez » contient une sonorité qui m'écœure, une référence à un truc visqueux dont il est difficile de se débarrasser. Peut-être parce qu'à un son près ça devient un « poulpe », avec un corps mou et de grands tentacules. Qui s'accroche, qui s'agrippe, qui suce et qui saisit. On palpe les poches d'un truand, on palpe du fric, du flouze, du blé, mais palper son propre sein ?! C'est tout aussi difficile que de prendre son pouls avec ses doigts ;

on sent le cœur battre dans le cou et dans les doigts de manière quasi simultanée. Un doigt pour la prostate, deux doigts pour le pouls, trois doigts pour le sein.

« Madame Louise Lambert ? », demande la jeune femme en blouse blanche qui a rempli mon dossier à l'accueil. Je me surprends à jeter un coup d'œil autour de moi, dans l'espoir vain qu'il y ait une autre Louise Lambert dans la salle. Comme si la demi-seconde de gagnée allait décaler d'autant la mauvaise nouvelle. Il n'y a pas de petite victoire, juste la crainte d'affronter le regard grave du médecin, les mots compliqués qui masquent la vérité, le traitement à venir et les haut-le-cœur par milliers.

« Alors, c'est pour une mammographie, suivie d'une échographie ! C'est bien ça ? » D'une voix guillerette, elle m'annonce le programme des réjouissances, comme si je partais pour une heure de massage, suivie d'un soin du visage. « Enlevez votre haut et votre soutien-gorge, un technicien va arriver. » Je pense être restée cinq bonnes minutes devant la machine, les bras enroulés autour de mon buste pour me sentir moins vulnérable. Lorsque le technicien entre enfin dans la petite pièce où je viens de passer de longues minutes en tête à tête avec le mammographe, mes bras restent entrelacés, comme soudés à ma poitrine. Je suis pétrifiée de peur et de froid.

Muni de gants en plastique, le jeune homme prend alors mon sein gauche entre ses mains, de la même manière que le boucher attrape un blanc de poulet dans sa vitrine réfrigérée et la flanque sur une balance à la surface froide afin de la peser. Alors qu'un obstacle en plastique force ma tête vers le côté opposé, l'homme à la blouse blanche compresse mon sein entre deux plaques jusqu'à l'aplatissement total. En l'espace de quelques secondes, il passe de pamplemousse à crêpe. Le bout de mon nez et mon mamelon n'ont jamais été aussi éloignés l'un de l'autre. J'ai l'impression d'être un ballon que l'on étire au maximum pour lui faire des nœuds et finir en forme de chien saucisse.

Le technicien disparaît quelques secondes pour se protéger des rayons, puis réapparaît afin de réitérer la procédure, verticalement cette fois, puis sur l'autre sein, histoire qu'il n'y ait pas de jaloux. Quatre aplatissements plus tard, je peux enfin me rhabiller. Je jette un coup d'œil sur ma poitrine pour vérifier qu'elle ait bien repris sa forme originale, me masse doucement pour faire passer la gêne et grimace légèrement.

Le technicien me demande de patienter dans la salle annexe. Je m'allonge sur le lit placé près de l'échographe. Et j'attends. Longtemps. Je fixe l'écran noir sur lequel sont indiqués mon nom et ma date de naissance, suivis d'une barre verticale qui clignote, prête à écrire la suite. Cette fois-ci, je ne verrai pas de contour de petits pieds, de petites oreilles, et de petit cœur qui galope. Il n'y aura aucune trace de vie, de fruit de l'amour, d'avenir prometteur. Il n'y aura pas de rêve, pas de projet, pas de douceur. Il n'y aura pas de petits bras qui s'étirent à peine plus haut que le niveau de la tête, de petites mains potelées qui s'enroulent autour de mon doigt, de petites bulles qui apparaissent au bout des lèvres, pas de berceuse à chanter, pas d'histoire, pas de câlin, pas de partage, pas d'amour. Il n'y aura que des masses, des nodules, des zones, du noir, du difforme, du crabe.

Arthur

Ma mère travaille dans un cabinet d'assurances. « Ce n'est pas la panacée, me dit-elle, mais les horaires sont convenables ! »

J'ai regardé la définition de « panacée » dans le dictionnaire. – Panacée : *remède qui guérit toutes les maladies*. Je l'ai noté dans mon petit carnet. Je le trouve joli, ce mot. Il ressemble à « fricassée ». De poulet, de bœuf, avec du riz. Il me donne presque faim. Cela fait bien longtemps que ma mère n'a pas mijoté de bons petits plats en sauce. Depuis que mon père n'est plus là, elle ne veut plus se casser la tête. Elle cuisine au plus vite et c'est de plus en plus fade. Je rajoute du ketchup, du sel, du poivre, parfois des épices de manière à relever le riz nature, les brocolis vapeur et la tranche de jambon.

S'ils voyaient la tronche que je fais en les regardant, ils refuseraient eux-mêmes d'être mangés, par principe. Je les pique doucement du bout de la fourchette pour vérifier leur consistance. Les brocolis sont trop cuits, alors je grimace, je les enduis de condiments et les enfourne sans conviction dans ma bouche. Puis j'attends que ma mère soit retournée pour en glisser quelques-uns discrètement dans du sopalin sous la table. Il n'y a rien de pire que des brocolis trop cuits. Une vraie torture. Ça me donne envie de vomir. Le brocoli a l'apparence d'une explosion nucléaire, une odeur de pet et la couleur du moisi. J'établis une liste mentale rapide de tous les légumes verts que je connais et confirme qu'ils sont tous mauvais. Les épinards, les choux de Bruxelles, les courgettes, le céleri, les haricots et les asperges. Ma mère me regarde manger, elle n'a pas mis d'assiette pour elle.

« Pas d'histoire croustillante à me raconter aujourd'hui ? », me demande-t-elle. J'aurais préféré que ce soit les brocolis qui soient croustillants, mais en effet je pourrais lui dire qu'on m'a enfermé dans les toilettes, piqué mon Stabilo fluo et réprimandé à cause de mes nombreux retards, mais je ne lui en parle pas. « Non, rien de spécial aujourd'hui. » Je ne veux pas l'inquiéter.

— Tu ne manges pas, maman ?

— J'ai déjà mangé, j'avais trop faim, désolée, je ne t'ai pas attendue.

Je la regarde d'un air surpris. Qui peut bien être pressé de manger des brocolis mous, du riz collant et une tranche de jambon grisâtre ?

Ma mère me dit qu'elle est espionne ; elle connaît les grandes lignes de la vie des gens et en devine les secrets. Elle décèle leurs galères et leurs joies à travers leur situation personnelle, leur train de vie grâce à leur profession, leurs vacances selon l'emplacement de leur maison secondaire. Certains sont hypocondriaques et font exploser les compteurs de leur assurance santé, d'autres sont intrépides et jugent l'assurance décès inutile, pour l'instant. Il y a les prolifiques qui ont dix enfants et les sceptiques qui assurent leur chien, il y a les collectionneurs de voitures de sport qui rechignent à payer leurs mensualités et les fous du vélo qui protègent leur bicyclette Décathlon. Enfin, il y a ceux qui accumulent les soucis et ceux à qui il n'arrive jamais rien. Maman me dit que ces derniers sont les clients parfaits ; les fidèles que la vie semble épargner. Je n'ai pas tout compris, mais je crois que ça veut dire qu'être en bonne santé rapporte plus qu'être malade. À moins que ce ne soit le contraire ?

J'observe les amis qu'elle a invités ce soir ; je les connais depuis que je suis petit et pourtant, je ne parviens pas à deviner leur vie secrète. Je ne sais qu'une chose : quand ils sont là, mon cœur est en fête. Julien est un monsieur immense aux cheveux bouclés et au rire communicatif. Sa femme Nadia est une petite brune discrète qui porte toujours des tenues extravagantes, peut-être pour exprimer avec des couleurs ce qu'elle ne parvient pas à faire avec des mots. Je l'ai déjà vue avec des collants à paillettes, à motifs, multicolores, bigarrés et, ce soir, ils sont dépareillés. Je fais ça moi aussi avec mes chaussettes, mais ce n'est pas volontaire. C'est parce que j'ai beaucoup d'orphelines dans mon tiroir. Leur fille Salomé a le même âge que moi ; nous nous connaissons depuis la maternelle. Pendant que les adultes s'éternisent à table, Salomé a installé une sorte de Scrabble qu'elle a fait elle-même. Les pièces sont des bouts de cartons qu'elle a peints de couleurs vives et plastifiés. Les lettres sont faites de petites étoiles. Elle a tendance à calculer les scores de manière aléatoire, je ne sais pas si c'est parce qu'elle veut s'assurer la victoire à tout prix ou si c'est parce qu'elle est encore plus nulle que moi en maths. Mais je la laisse faire parce que ça lui fait plaisir.

La règle du jeu est de proposer des mots qui n'existent pas mais qui doivent être compréhensibles, tels que « la gênance », ou « malaisant », que je ne trouve pas très beaux. Sûrement parce que mes camarades au collège l'utilisent à mon égard.

— Je ne les aime pas, ceux-là, et puis j'suis sûr qu'ils sont déjà dans l'dico. Ça ne compte pas vraiment.

— T'as bien mis « kiffance », là ! dit-elle agacée en pointant le mot en question.

— Oui, mais il m'a rapporté 20 points.

— Mais ça ne marche pas comme ça ! On a dit des mots-qui-n'existent-pas-mais-que-tout-le-monde-peut-comprendre et non pas que-tout-le-monde-utilise !

Je croise les bras et fixe le plateau quelques secondes. Je pense à « nominer » ou à « courriel » puis m'exclame « abracadabrantesque ! » Je l'ai fièrement noté dans mon carnet après avoir lu le poème de Rimbaud, *Le Cœur supplicié*. Salomé relève sa tête et éclate de rire.

— C'est toi qui es « abracadaboumpaf » ; tu n'as même pas les lettres. Oh là là, mais t'as rien compris au jeu ! Montre-moi tes lettres ! Ah tiens, regarde ! « Poite » !

— « Poite » ? Qu'est-ce que ça veut dire ?

— C'est pourtant évident, dit-elle en retournant ses mains. T'as les mains moites et les pieds poites !

J'ai dû attendre au moins cinq minutes que Salomé finisse de se rouler de rire sur le tapis avant de pouvoir lui montrer le mot que je venais de fabriquer.

— « Pourriel ». Un mélange de message pourri et de courriel. Ou encore mieux ! « Rigolitude. » L'attitude de rigoler de tout. C'est pour toi, ça te décrit parfaitement !

Salomé est comme un mot-valise à elle toute seule ; elle est le parfait mélange de ses parents : petite, brune, bouclée et toujours gaie. Elle porte également des vêtements colorés mais coordonnés.

En même temps, ce n'est pas difficile, ils sont souvent de la même couleur. Rouge. Salomé est la sœur que je n'ai pas, la seule qui m'aime pour de vrai, la seule qui me taquine pour de faux.

Louise

J'ai envie de leur dire que je suis morte de trouille, que je n'en dors pas la nuit et que je maudis le ciel. Puis j'entends les rires mutins d'Arthur et de Salomé, alors je ne trouve pas la force de troubler leur joie. J'ai besoin de hurler ma peine auprès de Julien et Nadia, de pleurer dans leurs bras, qu'ils m'accompagnent dans cette épreuve, mais je ne veux pas remplacer leur gaieté par des trémolos dans la voix. J'appréhende leur pitié, les silences dans leur regard et l'inquiétude dans leurs mots. J'aimerais qu'ils continuent à égayer nos soirées et à agrémenter nos conversations d'histoires légères, sans conséquences.

Je ne suis pas prête à être rangée dans la case des gens malades que l'on plaint au début puis que l'on évite avec le temps. Je refuse d'être considérée comme une petite chose fragile qu'on ne peut plus serrer dans ses bras de peur de faire péter la bombe en son sein. Le cancer ne se refile pas ; il est bien à moi. Il ne prévient pas ; il s'incruste. Il ne s'affiche pas ; il se décèle.

« Je vois un nodule, ça peut être rien, comme ça peut être quelque chose », a marmonné laconiquement le radiologue. Et depuis que le prélèvement a été effectué, j'attends de savoir si la balance va pencher vers le « rien » ou le « quelque chose ».

On ne devient malade que lorsque le mot « cancer » est prononcé. Deux minutes avant, on est encore en bonne santé. Avec le verdict, c'est tout notre univers qui est chamboulé. Notre regard sur la vie se teinte alors d'une mélancolie latente et poisseuse. Le monde devient partagé entre les bien-portants et les malades, entre les rêves et le désespoir, entre le mouvement et l'immobilité terrifiante. Parce que je ne veux pas être coincée entre le marteau et l'enclume, parce que je déteste l'idée que mon destin hésite entre le néant et l'ardeur, je vais me battre. Contre l'abomination, contre l'inertie, contre la fatalité. Pour mon fils, pour la vie et pour les 99 % des cellules de mon corps qui vont bien.

Alors je revêts mon plus beau sourire, repousse la vaisselle à plus tard et m'allonge par terre avec les enfants afin de partager leur jeu et leur bonne humeur. Le menton posé dans le creux de mes mains, je cherche un mot qui puisse illustrer, à cet instant précis, à la fois l'espoir qui m'anime et l'amertume qui m'oppresse, sans pour autant les alarmer.

« L'espertume. »

— Là, je ne vois pas, dit Salomé.

— C'est quand t'es à la fois contente et triste, quand tu as peur mais que tu gardes espoir malgré tout.

— Ah comme « pleurire », alors !

— Voilà. C'est à peu près ça.

— Alors, ça fait 12 points. Pas terrible pour un mot si long. Peut-être parce qu'il n'y a pas de Y ou de Z, constate Salomé en faisant une petite moue.

— Content et triste ? répète Arthur. La « désespérance ». Ça existe peut-être, j'sais pas, mais je le vois comme un mélange de désespoir et d'espérance, pas comme le contraire d'« espérance ».

— Ça fait encore 12 points, c'est pas mieux !

— Ah, je sais ! s'illumine tout à coup Arthur. La « Zibonesse » ; Zone Intermédiaire entre le BONheur et la tristESSE.

— Mais n'importe quoi ! s'esclaffe Salomé qui rit de plus belle. Personne ne peut comprendre un mot pareil !

Arthur a toujours aimé les lettres, les mots, les livres. Assis sur son tapis d'éveil à dix-huit mois, il identifiait déjà certaines lettres, reconnaissait les compagnons de *Thomas le train*, certainement grâce au dessin animé et à leurs couleurs mais aussi grâce aux lettres indiquées sous leur wagon. Enfant unique, il ne s'est senti à l'aise qu'à travers les épopées de *Tintin* et les aventures d'*Harry Potter* qui décoraient sa chambre et éveillaient sa curiosité. Tintin l'a fait voyager en Belgique, en Angleterre et au Maroc, dans des pays moins connus comme le Congo, l'Arabie Saoudite et le Tibet ou carrément imaginaires : la Syldavie, la Bordurie, le Khémed, le San Theodoros, le Nuevo Rico et le Rawhajpoutalah. Ce sont sûrement ces derniers qui lui ont donné le plus d'inspiration pour baptiser sa chambre l'État de Bazarie, à juste titre, le salon les îles Canapé, et le couloir qui les sépare, le détroit de Gépaltan.

Peut-être que la « Zibonesse » n'est finalement que l'équivalent de la fameuse Bordurie ou de la plateforme 9 ¾ d'*Harry Potter* à la gare de King's Cross – cette plateforme située quelque part entre deux autres quais, invisible aux Moldus, les personnes sans pouvoirs magiques et dont j'espère pouvoir m'extirper rapidement.

Je lève les yeux vers Arthur qui a très bien identifié, sans le savoir, cette zone d'inconfort dans laquelle je suis coincée depuis une semaine, ce sentiment d'incertitude insoutenable. C'est justement entre la « zibonesse » et l'« espertume », entre leurs rires et ma peur, que nos regards se rencontrent et se confondent, comme si nous étions seuls au monde, non mieux encore, comme si nous n'étions qu'un, liés par cet amour qui naît au plus profond des entrailles, envahit le corps jusqu'à ce qu'il déborde et nourrisse l'autre. Sans un mot. Juste le temps d'un regard. Arthur est mon trait d'union avec le monde, ma raison de vivre, mon pas devant l'autre, mon mardi après mon lundi, mon complice, mon trésor, l'amour de ma vie, mon fils unique. Je veux que son rire résonne à jamais, qu'il m'aide à surmonter mes peines, mes larmes et mes nuits de solitude.

Je détache mon regard et retourne m'asseoir avec mon angoisse auprès de Julien et Nadia, laissant Arthur à son innocence et à ses jeux d'enfant mais jamais très loin de mon amour de mère.

Arthur

J'aurais voulu retenir ma mère au moment où elle s'est relevée, lui dire que je la trouve triste et que ça me rend triste à mon tour. Son sourire hésite, ses mains me cherchent et ses yeux s'accrochent au bord des miens en me suppliant, mais de quoi, je ne suis pas certain. Je voudrais la serrer fort dans mes bras pour qu'elle arrête de trembler, pour m'assurer qu'elle ne s'éloigne jamais, mais Salomé me tire par la manche : « Alors, tu joues ? »

La « Zibonesse » n'est pas un État d'Allégresse, ni le pays des Zigotos. Ça traduit plutôt cette sensation que j'ai avant et après l'école. J'en parle à *Thomas* pour me donner du courage mais, chaque jour, ce sentiment mitigé revient. Le matin, j'ai à la fois hâte de retrouver Léonie pour lui parler de ma dernière invention, d'aller en français pour continuer les aventures de Robinson Crusoé et de manger à la cantine où c'est mille fois meilleur qu'à la maison mais j'ai aussi l'appréhension des heures qui suivent. Après les cours, malgré la boule au ventre qui persiste, je suis soulagé de rentrer chez moi, où personne ne peut plus vider mon sac, écrire sur mon pull ou tirer mes cheveux en classe. Entre les deux, je suis en état d'alerte maximale et il m'est difficile de me concentrer. Je rêve de faire 1,95 m et d'être intouchable, j'aimerais être un champion de judo et de leur faire manger le sol après un bon tacle Ippon-Seoi-Nage, je voudrais lâcher des fauves et en faire de la chair à pâté, mais je n'ai qu'un chat et je suis le plus petit de ma classe.

Une fois dans ma chambre, le pire truc qui puisse m'arriver, c'est de perdre la connexion Internet. Et je dois dire que ça m'arrange parfois d'être coupé du monde. De toute façon, je n'ai qu'un petit forfait et aucun réseau social. Maman dit que c'est mauvais pour moi. Et pour le coup, elle a raison. Caché dans l'État de Bazarie, aucun « pourriel », aucun photomontage, aucune vidéo compromettante ne peuvent m'atteindre. Je suis seul avec mon ami Thomas et cela me convient parfaitement.

Je viens de commencer le collège, je suis en 6ᵉ. Terminées, les récrés où on joue au ballon ou à la marelle. Finies, les sorties scolaires en Auvergne pour découvrir les volcans ou dans les Pyrénées pour faire du ski. Pas question d'avoir son pupitre où glisser ses crayons, ses bons points et ses Malabars. Je ne verrai plus les mappemondes accrochées aux murs ou nos dessins suspendus au-dessus de nos têtes, telle une guirlande de créations. La maîtresse ne me demandera plus jamais de nourrir les lapins au fond de la classe, d'essuyer le tableau et de lire mes poèmes devant les camarades. Je ne verrai plus son sourire bienveillant, son écriture régulière et ronde, sa manie de tordre légèrement son nez en cas de mauvaise réponse.

Le collège est un immense bâtiment rectangulaire plutôt moche aux couleurs passées où il est facile de se perdre et plus difficile de se cacher. Huit cent soixante élèves l'arpentent quotidiennement, faisant vibrer les escaliers et résonner les couloirs à l'heure où les trois notes de la sonnerie retentissent. J'ai l'impression de courir toute la journée ; pour arriver au collège avec l'espoir de réduire mon retard, dans les coursives pour trouver la bonne salle et vers la cantine pour obtenir une place acceptable dans la queue. Et tout cela avec quinze kilos de cahiers et de manuels dans le dos. Je suis un fantassin dans les tranchées, je relève tant bien que mal mon casque qui me tombe sur les yeux, ma gamelle fait des soubresauts contre mon barda qui pèse une tonne et ralentit ma progression. J'évite un autre soldat de justesse qui se précipite dans le sens inverse, puis un autre. Je trébuche sur un amas de pierres qui viennent de s'écrouler par suite d'une attaque ennemie récente, je me rattrape de justesse, évite une balle puis une seconde, je me penche en avant, rase la paroi droite de la galerie. Mes bottes trempées font *ouinch ouinch* et compriment mes orteils. Pas le temps de les desserrer, ni d'ouvrir ma veste. Les haut-parleurs hurlent leurs trois notes, les élèves disparaissent dans les salles de classe, les portes se ferment, les cahiers s'ouvrent, les noms défilent pour l'appel mais pas les heures.

C'est évidemment le jour où je suis le plus mal coiffé, où la tache d'encre faite par mon voisin sur mon pull est la plus voyante et où mes chaussures humides me font le plus souffrir, qu'on nous invite dans le hall pour la photo de classe. Je vais avoir cette tronche crispée gravée sur la tasse, le porte-clefs et le calendrier qui seront offerts à mes grands-parents pour Noël.

Étienne fait une tête de plus que moi, facile. Il a le visage éclaboussé de taches de rousseur et une incisive plus courte que les autres, ce qui lui donne un air niais, d'autant qu'il garde toujours la bouche ouverte. Il traîne avec Ronan, un petit brun trapu aux arcades proéminentes, « bas de plafond » comme dirait mon Papi, qui prétend avoir des origines gitanes, et un grand frère champion de kickboxing. Peut-être pour se donner un genre ou plaire aux filles, probablement pour me faire peur. Personne n'ose les contredire, même pas les professeurs. À part Monsieur Guillemin qui ressemble davantage à un ancien professionnel de rugby qu'à un passionné de poésie. Alors, quand ce jour-là Ronan me fait un croche-pied pour que je m'étale de tout mon long devant mes camarades, pour le plus grand plaisir d'Étienne, le professeur de lettres lui saisit si fort l'oreille que ses chaussures touchent à peine le sol. Personne ne remarque car ils sont trop occupés à rigoler à mes dépens. Seule Léonie réagit en m'aidant à me relever. C'est toujours gênant d'être protégé par une fille et un colosse, mais je crois qu'Harry Potter ne se pose pas cette question pour Hermione et Hagrid. Je me contente alors de ma maigre victoire en me disant que Ronan ne sera pas non plus à son avantage sur la photo avec l'oreille rouge et gonflée.

De retour en classe, Ronan me jette un regard noir. Je l'imagine débarquer dans ma rue avec le gang des Shelby, personnages principaux de la série préférée de ma mère, déambulant dans un brouillard épais, les bras écartés du corps, longs manteaux sombres flottant au vent, bérets gris et poings serrés, prêts à en découdre. Mais Monsieur Guillemin le ramène à la réalité en l'envoyant au tableau.

— Tiens, toi qui fais le malin, dit-il à Ronan en tapotant sur son bureau afin qu'il tourne son attention dans la bonne direction. Va donc au tableau et lis-nous le poème que je vous ai demandé d'écrire.

— J'l'ai pas fait, grogne-t-il en posant ses coudes sur le bureau tout en rétractant la tête dans ses épaules.

— Ça te fera un zéro de plus à ta moyenne, alors.

Le professeur sait très bien que Ronan n'a pas l'ambition de décoller du zéro pointé cette année, mais je le soupçonne d'avoir dit cela pour me réconforter. Il fait glisser son doigt sur la liste des noms apposés dans son cahier et s'arrête sur Hugo Delanoix. Il n'est pas difficile de briller après la performance de Ronan, mais Hugo est dyslexique et l'exercice d'autant plus compliqué. Il se tient droit face à nous un long moment, la tête penchée vers sa feuille qui tremble légèrement. Il expire doucement puis relève son regard bleu intense vers le fond de la classe et déclame son poème par cœur, déjouant ainsi les embûches du langage. Sa prouesse passagère nous fait oublier son léger handicap, le temps d'un poème imaginant les états d'âme de son Robinson sur une île déserte.

S'ensuit une série de poèmes plus ou moins longs et bancals d'élèves intimidés par le regard des autres et mal à l'aise avec cet exercice qui ne les touche pas. Afin de ne pas me laisser surprendre par le tri à la volée qui est en train de s'opérer, je lève la main. Bizarrement, je n'ai pas peur. Peut-être parce que j'ai davantage confiance en mes mots qu'en mon aptitude à me faire des amis.

« Si je devais être noyé dans l'bleu du ciel et de l'océan,
Loin d'ici, des maux et de ceux qui m'affligent tant,
Je me réinventerais en pêcheur, en marin, en conquérant,
Ivre d'aventures, de liberté, faisant fi des autres et du bienséant.

Si je devais être entouré de silence, sur une terre inconnue,
Loin des villes, de la brume, de ceux qui n'm'ont pas défendu,
Je construirai un empire, un château, une cabane suspendue,
Repu d'conquêtes, d'idéal, oubliant les tyrans et leurs abus.

Si je devais être balayé par le vent, effacé tout entier,
Loin des miens, des souvenirs, de ceux qui n'm'ont pas écouté,

Je parsèmerai des rêves, des mots et des espoirs secrets,
Bercé par la bise, le sirocco, semant çà et là mes doutes oubliés.

Je suis une île et le ciel, je suis la mer et le vent réunis,
Léger je respire, je souffle. Pour la première fois, je revis. »

Je voudrais savourer quelques instants encore le silence qui suit les mots que je viens de lire d'une voix calme et intelligible. Je suis immobile sous le feu de l'unique projecteur. Bientôt la salle entière s'illuminera et les spectateurs, après une seconde d'hésitation, m'acclameront sous un tonnerre d'applaudissements.

Mais je sais bien que l'unique regard qui brille est celui de mon professeur tandis que les élèves, eux, me fixent avec des yeux de merlan frit. Certains bâillent, même. D'autres sont affalés sur leur table. Avec un peu d'optimisme, il n'est pas impossible qu'une petite lueur se soit allumée dans les yeux de Léonie derrière ses lunettes. Mais je ne suis pas certain.

Le pire est arrivé ensuite.

À la sortie du collège, assis sur un banc, cigarette au bec, Étienne et Ronan font mine de passer le temps. Ils m'emboîtent le pas et m'invectivent : « sale intello », « p'tit pédé », et sûrement d'autres insultes encore que je fais mine de ne pas entendre. Ils accélèrent. Je sens des mains me pousser, je manque de tomber mais, après deux trois enjambées désorganisées, je retrouve mon équilibre. Je ne sais pas pourquoi je leur demande d'arrêter, car je sais pertinemment que cela aura pour seul effet de les encourager. Je sais aussi que ça ne sert à rien de leur dire que je ne suis pas un intello, ni un pédé, parce que je ne suis pas certain qu'ils attendent un débat sur le sujet. Je me dis enfin que, si je les laisse faire, mon sale quart d'heure ne durera que cinq minutes, et qu'avec un peu de chance ils épargneront mon visage. Sans bleus, ils savent qu'il n'y aura pas de représailles contre eux. De mon côté, je n'aurai pas non plus la double peine de lire l'inquiétude dans le regard de ma mère.

— Tu veux être réduit en poussière ? On s'en charge quand tu veux ! lance gaillardement le grand benêt d'Étienne en faisant un signe de la tête à son sbire.

— Ouais, quand tu veux, je t'donne un coup de sirocco, et de la b*r*ise, rajoute Ronan, alternant insultes et coups divers alors que je me tortille de douleur sur le sol.

Je suis resté prostré de longues secondes après qu'ils ont filé comme des dératés, ravalant les larmes qui inondent mes joues. Fébrilement, je tâtonne mes poches pour en extraire ma Ventoline et tenter d'apaiser le sifflement qui sort de mes bronches. Ma poitrine me brûle, mes poumons sont comprimés, étriqués dans ma cage thoracique meurtrie. Je me console en me disant que les vacances de la Toussaint viennent de commencer ; cela devrait me donner un peu de répit avant la prochaine raclée.

Louise

Je discerne de fines veines bleues sous le regard d'Arthur et des lignes plus rouges dans le blanc de ses yeux. Il me rassure en disant que sa crise d'asthme n'a pas duré longtemps et qu'il respire mieux à nouveau, mais sa détresse est palpable dans la courbure de son dos et la lenteur de ses pas. Il me repousse gentiment et se dirige vers sa chambre où il reste enfermé jusqu'au dîner. Lorsqu'il réapparaît, il semble s'être redressé comme une fleur à laquelle on a changé l'eau, ses yeux sont redevenus clairs et sa respiration normale. Seules ses mains trahissent son émoi en attrapant faiblement ses couverts.

— J'ai préparé ton sac pour aller chez ton père. Il viendra te chercher vers 20 heures Ça va te faire du bien de changer un peu d'air !

Et comme il réagit à peine, je rajoute : « Et si tu en as envie, je peux prendre quelques jours et on peut partir à la montagne faire un peu de rando ou à la campagne chez Papi et Mamie la semaine d'après ? Qu'en dis-tu ? »

— Comme tu veux, me répond-il sans entrain.

— Je crois que tu es fatigué, ça doit être le changement de saison. Je t'ai fait un flan pour le dessert, je sais que t'adores ça !

Lorsque Thierry claque la portière de la voiture, j'aperçois la petite mine de mon Arthur à l'arrière qui se ratatine davantage. Mon cœur se serre de le voir si taciturne, alors je fais mine de me réjouir en agitant la main et lui envoyant des baisers, puis je me dis que j'en fais des tonnes pour rien, puisque aucun des deux ne me regarde. Je me contente d'un dernier petit signe avant de refermer derrière moi.

En rentrant du travail quelques heures plus tôt, j'ai découvert l'enveloppe adressée par le professeur Ikarius du CHU de Montpellier. Je l'ai éventrée avec des mains avides pour en extraire un courrier me convoquant deux jours plus tard à l'issue de mes résultats d'analyse. Malgré mon inquiétude, j'ai rangé la chambre d'Arthur, préparé son sac, cuisiné un gratin de pâtes et le flan qu'il aime tant de manière automatique, comme si je venais de lire une pub sans intérêt pour l'opticien du coin ou une annonce pour du baby-sitting glissée dans la boîte aux lettres. Je l'ai ensuite déposée sur la commode de l'entrée, sans même prendre le soin de la replier, risquant qu'Arthur la voie en rentrant du collège, sans savoir que par chance, il passerait devant, trop penaud pour l'apercevoir.

Ramassée sur ma chaise face au professeur Ikarius, je n'ose pas cligner des yeux pendant qu'il parcourt mes résultats avec ses grands yeux noirs imperturbables. Mes phalanges sont devenues blanches à force de serrer le haut de mon sac à main. Le chirurgien est plutôt jeune, ce qui ne me rassure pas du tout ; ne dit-on pas en effet qu'un bon pilote est un vieux pilote ? À son âge, qu'est-ce qu'il sait des cancers du sein ? Combien en a-t-il soigné ? Et surtout combien de femmes a-t-il sauvées ? J'aurais préféré rencontrer un médecin plus aguerri, avec plus de cheveux bancs et de rides. Le chirurgien finit par poser les feuilles remplies de chiffres sur le bureau qui nous sépare, puis ses coudes. Il croise ensuite ses doigts et annonce le verdict d'une traite, sans ménagement et sans détour. « Vous avez une tumeur cancéreuse au sein gauche. Comme il semblerait qu'elle soit à un stade précoce, nous allons précéder à une mastectomie totale car rien n'indique que les ganglions lymphatiques avoisinants sont touchés. Ensuite, vous aurez des séances de chimiothérapie et d'hormonothérapie. Comme vous êtes jeune, je préfère qu'on opte pour un traitement de choc et mette toutes les chances de votre côté. Je vous laisse voir avec ma secrétaire pour une intervention dans les jours qui viennent. »

Je n'avais pas du tout imaginé la scène ainsi. J'aurais dû m'effondrer, le presser de questions, exiger des explications plus fournies, négocier une alternative. Puis il m'aurait consolée, prise dans ses bras, garanti une guérison rapide et certaine. Au lieu de cela, la consultation n'avait duré que quelques minutes pendant lesquelles je suis restée muette, interdite sur ma chaise. Ensuite, je me suis dirigée vers la sortie telle une somnambule. Je suis restée plantée là, seule dans le couloir, complètement sonnée. Je m'étais contentée d'une phrase, d'un soupir, d'une poignée de mains et d'un claquement de porte. Il allait falloir tailler dans la chair, traiter à grands coups de poisons divers et prier. Et puis c'est tout. Autour de moi, il n'y avait plus que des courants d'air et cette fichue odeur d'éther.

Au lieu de rentrer chez moi pleurer de tout mon saoul, j'ai pris le bus pour aller au bureau, entourée de gens sans cancer du sein. Au moment où il m'aperçoit, le visage de Marc s'illumine. Il s'avance vers moi d'un air enjoué pour me parler de ce nouveau restaurant qu'il vient de découvrir et dont le tartare de saumon m'aurait plu. « On ira un de ces quatre, si tu veux. Franchement, c'était bon et la déco plutôt réussie, ça changera de la brasserie d'à côté ! » Puis, en me voyant m'asseoir mollement sur ma chaise, manteau ceinturé et sac serré contre moi, il se rapproche et change de ton.

— Ça ne va pas ? me demande-t-il en posant doucement la main sur mon épaule.

— J'ai un cancer. Du sein.

Pensant avoir mal entendu, il me demande de répéter et retire sa main, comme si j'étais devenue fragile ou contagieuse. Je regarde fixement devant moi, et balbutie quelques mots de manière inintelligible.

— Je suis désolé. Mais c'est grave ? Enfin je veux dire, qu'est-ce qu'on t'a dit ?

— Je ne sais pas trop, j'ai rendez-vous ce vendredi au CHU pour une ablation du sein.

À ce moment précis, je ne sais pas ce qui m'a amenée à partager avec lui la nouvelle de manière aussi franche et brutale. Peut-être parce qu'il n'est qu'un collègue et qu'il ne changera pas de bureau ou d'attitude pour autant. Ou alors parce que, comme on a couché ensemble une fois, ça lui donne un certain droit de regard sur mon intimité. À moins que ce ne soit tout simplement le besoin d'enfin verbaliser la crainte qui me hante depuis des jours.

Mon regard se pose à présent sur mes mains que j'ouvre lentement en imaginant la chimio couler dans mes veines et tout brûler sur son passage. Ma peau est blanche, diaphane, parsemée de petites taches de rousseur claires et la couleur vermillon sur mes ongles me rappelle que bientôt, je n'aurai plus le cœur aux coquetteries. Je ne me demanderai plus quelle veste mettre avec mon chemisier, quelle couleur de fard à paupières appliquer ni quelle longueur de cheveux adopter. Il sera plutôt question de perruque ou de foulard pour cacher mon crâne apparent et de maquillage pour redessiner mes sourcils épars et raviver la couleur de mes pommettes.

Je lève les yeux vers mon ordinateur, hypnotisée par la figure géométrique qui danse sur l'écran, de gauche à droite. Puis je range mon stylo et mon cahier dans le tiroir, empile les quelques dossiers sur l'étagère et recentre le sous-main sur le bureau. Je n'ai pas la force d'ôter mon manteau, pas l'énergie de travailler et pas le courage d'affronter le regard interrogateur de Marc. J'attrape mon sac à main puis me dirige vers la porte sans me retourner.

Arthur

La nouvelle maison où vit mon père est moderne avec un étage et de grandes baies vitrées. La cuisine à l'américaine donne sur un salon design avec des canapés immenses et des œuvres d'art moderne qu'il est le seul à comprendre. En tant que marchand d'art, son travail consiste à voyager dans le monde entier pour repérer les « pépites », comme il les appelle, qu'il pourra proposer à ses clients exigeants. J'ai davantage le souvenir de son absence que de sa présence à nos côtés. Il n'a pas vu mes premiers pas, mes premiers jours d'école, mes premiers poèmes ni mes premiers bleus. Il a raté la plupart de mes anniversaires, les fêtes de famille et les spectacles de fin d'année. Mon père a toujours été occupé à chercher ailleurs ce qu'il ne trouvait pas à la maison et préféré la beauté d'un tableau au confort de notre foyer.

En me dirigeant vers la porte d'entrée, j'aperçois sa compagne Élodie rajouter quelques bûches dans le poêle suspendu, assistée par son fils Antoine. Elle me sourit en me voyant et me suggère d'aller poser mon sac dans ma chambre avant de les rejoindre pour un chocolat chaud.

Ma chambre doit faire deux fois la surface de la mienne chez ma mère et, même si elle ne donne pas directement sur les dunes, je les imagine, jonchées de hautes herbes, ondulant comme des vagues souterraines au passage du ver des sables du film *Dune*. Avec *Thomas*, on imite le bruit du vent et le grondement de la terre avec la bouche. On s'amuse à visualiser un jour de tramontane forte qui engloutirait à jamais la maison, sans que personne ne s'en aperçoive ; le lendemain, les passants emprunteraient innocemment le nouveau chemin menant à la plage sans se douter que des vies sont enterrées sous leurs pas.

Les loupiotes incrustées dans le plafond semblent former une constellation au-dessus de ma tête. Je me projette, allongé le soir dans mon lit transformé en îlot flottant au gré d'une mer de sable, sous un ciel infini. Le lit aux draps bleus impeccables est posé sur un tapis de jonc de mer. Tout le reste est blanc comme une page vierge qui ne demande qu'à être remplie de rêves colorés et improbables ; le parquet, les meubles, les quelques nœuds marins encadrés sur le mur en face de mon lit et les objets de déco posés sur l'étagère, blanche elle aussi. C'est une invitation à passer de longues minutes, accoudé sur le rebord, à m'évader de l'autre côté de la vitre, au-delà des collines sableuses et des océans. *Et si on partait encore plus loin ?* me demande *Thomas* avec un regard pétillant. Je vois Léonie. J'imagine un pays enchanteur par-delà les mers.

Léonie porte une couronne de papillons bleus sur la tête et une robe légère blanche faite de fleurs de muguet et de cosmos. Elle est pieds nus et saisit la main que je lui tends. Les voiles se gonflent, les vagues se fendent, le bleu de l'eau est dégradé par endroits et quelques points de couleur indiquent la présence de coraux rouges et le passage furtif de poissons exotiques. Les algues nous saluent en se pliant sur notre passage, le vent a chassé tous les nuages, un oiseau vert et jaune nous signale une terre prochaine.

Une crique en demi-cercle ponctuée par des petits rochers recouverts de coquillages ocre accueille notre voilier. Devant nous s'élève le versant d'une montagne recouverte de jungle épaisse de cocotiers à perte de vue. De petits singes curieux descendent le long des lianes, une tortue sort la tête de sa maison, intriguée, l'oiseau bicolore virevolte autour de nous en poussant des petits cris stridents. Il nous indique le chemin vers un arbre géant dont les pieds trempent dans l'eau turquoise. Les feuilles du baobab jaunies et desséchées par le soleil forment une toile tendue au-dessus de nos têtes invitant au repos.

— Qu'est-ce que tu fabriques ? me demande Antoine en débarquant soudainement dans ma chambre, interrompant dans le même temps mon rêve éveillé.

Je me retourne vers la porte de ma chambre. *Thomas* a disparu.

— Je regardais par la fenêtre.

— À l'heure qu'il est, tu ne dois pas voir grand-chose. Bon, tu te ramènes ? Ton chocolat doit être dégueulasse et tiède. J'ai cru que tu t'étais endormi.

Antoine ne descend pas les escaliers, il les dévale. Il ne savoure pas, il dévore. Il ne boit pas, il engloutit. Il ne rit pas, il s'esclaffe. Il y a une fougue en lui qui ne s'exprime pas qu'avec de l'acné et des poils au menton, une confiance qui lui donne de l'aplomb, une rage de vivre qui vibre dans ses cordes vocales et ses tripes. Il n'affiche aucune pudeur en laissant volontairement la porte de la salle de bains ouverte à qui veut bien admirer sa musculature et la taille de son sexe. Antoine a dix-sept ans et toute mon admiration. J'envie l'inconscience qui l'anime sur sa moto d'enduro, enchaînant loopings sur rampe et dérapages sur des circuits de terre parsemés d'obstacles, la passion avec laquelle il retape sa bécane et nettoie la boue incrustée sur ses bottes et son dossard. J'admire la dextérité de ses doigts encore tachés de cambouis lorsqu'il les promène sur les cordes de sa guitare, ses mèches de cheveux qui recouvrent son visage penché sur l'instrument, ses chemises à carreaux rouges ou bleus aux manches retroussées et ses jeans déchirés au niveau des genoux. Plus personne ne s'habille comme ça depuis Kurt Cobain, à part Antoine. Il a toute la coolitude que je n'ai pas ; un mélange de décontraction dans son regard, de précision dans ses gestes et d'évidence dans son sourire.

— J'ai dû laisser mon déo par ici, moi, dit-il en en déboulant dans la salle de bains de la même manière qu'il l'a fait un peu plus tôt dans ma chambre. Ouah, mec, c'est quoi tous ces bleus, là, sur tes côtes !?

Je sais pertinemment qu'il n'y a pas mille façons d'interpréter les marques sur mon torse, que je n'ai pris aucune gamelle, ni à moto ni autrement, qui pourraient me servir de prétexte. Je me dépêche d'enfiler mon tee-shirt tant bien que mal, espérant couper court à la discussion.

— Attends, fais voir, dit-il en soulevant mon tee-shirt malgré ma résistance. Qui t'a fait ça ? me demande-t-il.

— Ça va mieux là. Ça va passer, t'inquiète.

Je saisis ma brosse à dents et le tube de dentifrice nonchalamment.

— Réponds-moi, qui t'a fait ça ? C'est au collège ? Regarde-moi, frérot, qui t'a fait ça ?

J'accepte tous les passages à tabac s'il me considère comme son frère, j'encaisse tous les bleus si c'est pour vivre ce sentiment d'appartenance, je ravale ma honte et ma peur si c'est pour exister à ses yeux.

— Je vais les déglinguer, putain ! rage-t-il en donnant une grande claque dans la porte.

— Non, ne fais rien, ça serait pire pour moi, après.

— Faut en parler à ton père, ta mère, quelqu'un, quoi, tu ne vas pas te laisser martyriser, quand même ? C'est des gamins de ton âge ? P'tain, ils sont déjà enragés !

Je ne l'ai jamais vu dans cet état, en tout cas pas à cause de moi. Sa colère ravive la douleur lancinante qui m'empêche de respirer et de me tourner dans mon lit la nuit, cette même gêne qui me retient d'en parler, cette peur que les choses s'enveniment. Que penserait Léonie si elle savait qu'en deux claques je me retrouve par terre comme une chiffe molle ? Aurait-elle envie de partir en voyage avec moi sur mon bateau imaginaire, si je suis incapable de me défendre ? Alors je panse mes maux avec des mots, j'invente des mondes parallèles pour échapper à celui-ci, je plie comme un roseau en espérant ne pas pousser trop tordu.

Louise

La dernière chose dont je me souviens est le regard doux de l'infirmière au moment où elle a placé le masque sur mon visage, avant que tout ne devienne flou et sourd. À mon réveil, le bip régulier de l'électrocardiogramme semble indiquer que c'est bien le sein et non pas le cœur qu'ils ont enlevé, car la douleur pourrait me faire hésiter. Je n'ose pas regarder le résultat camouflé sous les bandes enroulées autour de mon torse, telle une momie que l'on vient d'embaumer. Il n'y a pas de retour en arrière possible, il ne repoussera pas mais il pourra être reconstruit, a précisé le chirurgien. Enfin, si j'ai le courage de passer sur le billard encore une fois. Je le ferai refaire très gros pour qu'il existe à nouveau et qu'il toise l'autre du haut de son infortune. Je le remercierai pour son sacrifice au nom de tous les seins, je lui donnerai un nom, s'il le faut, pourvu qu'en jetant une partie de ma féminité on me débarrasse de cette fichue tumeur qui, elle, contrairement à mon sein, pourrait revenir. La partie n'est jamais vraiment gagnée avec le cancer ; on peut le mettre en *échec* mais pas forcément *mat*.

Marc est assis à côté de mon lit, les cheveux en bataille, légèrement débraillé, trahissant une longue sieste inconfortable sur le fauteuil mis à la disposition des visiteurs. Je ne sais pas depuis combien de temps il me regarde, mais à en juger par sa barbe naissante, et l'inquiétude dans son regard, je me dis qu'il a abandonné toute idée érotique entre nous. À ce moment précis, nul besoin de miroir, je décèle très clairement l'image désolante qui se reflète dans ses yeux.

— Ça te va bien, la barbe. Je ne savais pas que tu étais rouquin, lui dis-je avec un petit rire étouffé, avant que mes côtes ne me rappellent à l'ordre.

— Ça t'apprendra à rire à mes dépens ! me répond-il en feignant la décontraction.

— C'est gentil d'être resté, mais tu ne devrais pas, tu dois avoir plein de choses beaucoup plus passionnantes à faire que d'être au chevet d'une collègue.

— Je ne vois pas les choses comme ça. C'est mon nom que tu as marqué sur ta fiche d'accueil, tu te souviens ? C'est donc moi qu'ils ont contacté pour venir te chercher.

— On dirait que je ne t'ai pas laissé beaucoup le choix, alors.

— Pour être tout à fait honnête, ils te gardent encore en observation, je passais juste pour voir comment tu allais. Et si tout se déroule comme prévu, je devrais pouvoir te ramener chez toi dans la semaine.

— J'avais promis à Arthur de l'emmener faire de la rando. J'imagine que ça ne sera pas pour tout de suite.

— Son père peut le garder plus longtemps ?

— Élodie me l'a proposé. Thierry est déjà reparti en voyage je ne sais où.

— Il est au courant ?

— Qui ? Thierry ? Pas vraiment, je lui ai dit que j'avais une petite intervention chirurgicale. Je ne lui ai pas donné trop de détails.

— Je veux dire : ton fils ?

— Non, je ne veux pas l'inquiéter, il est déjà suffisamment fragile comme ça.

Je ne parviens pas à maintenir mes yeux ouverts. Ma voix faiblit sensiblement. La morphine me maintient dans un état second, histoire de mettre la douleur en sourdine.

— Je vais te laisser te reposer, je repasserai demain en fin de journée.

Marc pose ses lèvres sur mon front, comme on embrasse une enfant. Puis il caresse mes cheveux et finit par quitter la chambre tout doucement.

Quelques heures plus tard, le chirurgien rentre dans ma chambre, accompagné d'une infirmière. Il est l'heure de changer mes pansements, me dit-elle. Elle défait les bandes et soulève les gazes de manière que je ne puisse rien voir. La douleur irradie dans mon bras gauche et le haut de mon ventre comme si on m'avait arraché le sein avec la main, secouée comme une poupée de chiffon au-dessus de la table d'opération, puis qu'on m'avait laissée retomber violemment. C'est fou comme le corps a besoin d'être entier pour fonctionner ! La moindre altération nous handicape. Un bras dans le plâtre complique les tâches quotidiennes basiques : sortir les clefs d'un sac à main, porter une bannette de linge, soulever un enfant épuisé. Une fracture au gros orteil droit empêche de conduire, de faire du sport pendant longtemps et de jouer au foot pieds nus avec son fils, même si c'est justement ce qui a causé la fracture. Une simple otite peut mettre le plus costaud d'entre nous au tapis. Parce qu'il n'y a rien de pire que la douleur, surtout quand elle est près de la tête. J'ai besoin d'aide pour me redresser et manger, pour aller aux toilettes, pour me laver. Quand je marche, j'ai l'impression d'avoir quatre-vingt-quinze ans, toute courbée avec ma blouse froissée, mes cheveux emmêlés et des poils naissants sous les aisselles. Et encore je n'ai pas regardé ailleurs !

Lorsque Marc me dépose chez moi, je ne lui propose pas de me suivre ; je ne supporte pas l'image que je renvoie, je veux me doucher et me glisser sous ma couette indéfiniment. J'ai envie d'avoir huit ans à nouveau, de revivre le plaisir de rater l'école, de me gaver de dessins animés et de chocolats chauds que ma mère m'apporterait au lit.

J'aimerais m'abandonner à cet état régressif un peu plus longtemps, mais je sais qu'il va falloir faire de la paperasse et contacter les ressources humaines, des personnes que je ne croiserai jamais, Dieu merci, qui travaillent dans un bureau à l'autre coin de la France et dont je ne subirai pas la pitié.

Je défais lentement les bandes devant le miroir de la salle de bains. Elles ont laissé des stries sur ma peau ramollie. Le sein droit s'est ratatiné à force de constriction, et le gauche n'est plus. À la place, il y a un émoji triste dont la bouche meurtrie est composée d'un tiret boursoufflé et de points de suture. Je réprime l'envie soudaine de pleurer en plaçant une main tremblante sur ma bouche. Il n'y a plus de mamelon, plus de haut ni de bas, juste un petit amas de chair qui n'a pas encore décidé de la forme qu'il allait prendre.

Arthur

Les vacances chez mon père se sont rallongées. Sans lui. Je me rassure en me disant que le temps qu'il soustraie s'additionne à celui que je passe avec Antoine. Élodie le laisse tout gérer pendant qu'elle est au travail. Tout gérer, pour lui, ça signifie manger des chips à n'importe quelle heure, et boire du coca à volonté. C'est écouter la musique à fond et sauter sur les canapés comme une rock star, c'est oublier les devoirs et jouer à la Play Station à gogo. Antoine est en terminale en lycée professionnel et n'a pas l'air très concerné ni par les études ni par le bac. Il rêve d'être motard professionnel, comme Travis Pastrana.

— Ce mec-là est capable de s'envoyer un double back-flip le matin, de faire un saut sans parachute à midi et de se lancer à pleine balle par-dessus une voiture à moto l'après-midi. Il est complètement barré ! J'adore ! Rien ne l'arrête.

J'observe Antoine calmement tandis qu'il trépigne d'excitation en parlant de son héros américain. Rien ne freinera son motard, à part un mur, une rampe ou, tout simplement, l'âge.

— Et toi, tu sais ce que tu veux faire plus tard ? me demande-t-il.

— Aucune idée.

— T'as encore le temps d'y réfléchir. Mais, j'sais pas, y'a bien des trucs que t'aimes faire déjà, non ?

— Écrire, inventer des histoires.

— Bon, je vois que toi et moi on ne sera jamais riches, mais ça ne nous empêche pas de rêver, hein ? Tu seras peut-être le futur Stephen King, qui sait ? me dit-il en m'assénant un petit coup sur l'épaule qui vient réveiller ma douleur.

En me voyant grimacer, il s'excuse d'avoir oublié mes bleus et prend un air renfrogné.

— Ils ressemblent à quoi, tes lascars ?

— Pourquoi tu me demandes ça ? Tu ne vas pas aller les voir, j'espère ?

— Juste pour savoir quel genre de lâches peuvent te faire ça.

— Ils sont un peu plus âgés, ce sont des redoublants. Il y en a qu'un qui est plus grand que moi, un peu rouquin, mais il est plus bête que méchant. C'est l'autre qui me frappe. Un petit brun énervé.

— Ils font ça au collège devant tout le monde ?

— Non, ils m'attendent à la sortie et me suivent. J'ai pensé à prendre un autre chemin mais comme ils sont assis sur le banc en face de la porte du collège qui donne sur la rue, c'est pas facile de les éviter. On finit les cours en même temps, mais ils se débrouillent toujours pour sortir avant moi.

— Personne ne voit rien ?

— Pfff, les autres m'ignorent ou m'embêtent à leur façon aussi.

— C'est-à-dire ?

— J'sais pas, moi, ils vident les affaires de mon sac par terre, mettent du feutre sur mes habits, m'enferment dans les toilettes. Et j'en passe.

Antoine fait les cent pas, visiblement affecté par ce que je lui raconte. Il remonte ses manches nerveusement, tape du pied dans la table basse puis s'immobilise devant la baie vitrée, me tourne le dos, les mains sur les hanches. Il finit par se retourner, puis dégage sa mèche d'un geste assuré.

— Y'a pas un prof à qui tu pourrais en parler, tu peux pas aller voir, j'sais pas, moi, le directeur, la CPE, l'infirmière ?

— J'te dis : même s'ils les virent, ils continueront et se déchaîneront même encore plus, par pure vengeance. Ils m'ont prévenu.

— Ça m'rend fou ! Si tu n'arrives pas à courir plus vite, il va falloir que t'apprennes deux-trois techniques de self-defense. Tiens, même un truc tout bête : tu cours puis, tout à coup, tu te mets en boule accroupi par terre, y'en a bien un qui trébuchera sur toi et se cassera la gueule, m'explique-t-il en mimant la scène.

— J'suis pas sûr que ça marche, et puis, j'suis pas cascadeur comme ton Travis, moi.

— C'est vrai qu'il faudrait que tu te remplumes un peu, ça les dissuaderait peut-être.

Puis il se ravise et ne dit plus rien. À court d'idées probablement. « Un bowling, ça te dit ? »

Le bowling du quartier de la Pompignane est noir de monde, ce qui n'est pas étonnant un jour de pluie et de vacances scolaires. Nous nous installons au café en attendant qu'une piste se libère. Antoine a proposé à ses amis Romain et Édouard de nous rejoindre. Des motards, eux aussi. Un quart d'heure plus tard, je devine que les deux gaillards qui se dirigent vers nous avec des casques de moto à la main et des blousons en cuir sont les acolytes d'Antoine. Ils le saluent avec un check puis une accolade furtive.

— Encore une idée de génie, Tonio, ton bowling ! C'est blindé ! T'es sûr de ton coup ? demande Romain, un grand gars aux cheveux bruns, longs sur le dessus, rasés sur les côtés et une petite corne noire plantée dans l'oreille gauche.

— Mais oui, ça fait plaisir au p'tit bonhomme, répond-il en ébouriffant mes cheveux. Et si t'as une meilleure idée, n'hésite pas à partager, mec.

Romain me salue de la tête, Édouard en fait de même. Il a lui aussi des cheveux longs mais blonds et bouclés. Il me semble apercevoir un piercing au niveau de son sourcil et une cigarette placée derrière l'oreille. Je ne les quitte pas des yeux. C'est donc comme ça qu'il faut être pour ne pas être embêté à l'école ? Ou est-ce parce qu'ils sont grands avec du cuir et des piercings que j'ai l'impression d'être un petit poussin, à côté ? Je ne suis pas sûre que ma mère valide le piercing ou la tonte latérale de mes cheveux. Je suis encore moins certain que ça m'irait.

Quelques minutes plus tard, nous voilà enfin installés entre une famille nombreuse et un groupe de jeunes femmes hystériques. Romain et Édouard me semblent moins impressionnants affublés de leurs chaussures de bowling. Ils ont attaché leur chevelure et commandé des boissons pour nous quatre.

— Allez, je commence, je vous mets une raclée ! lance Romain.

Il saisit une grosse boule noire, fait quelques pas en « moon walk » à la Michaël Jackson vers la piste pour faire rire ses deux copains qui le regardent, les bras enroulés autour des fauteuils, une jambe repliée et l'autre tendue, à l'aise, malgré le monde et le bruit. Trois copains d'enfance qui s'autosuffisent, qui partagent les mêmes délires, les mêmes passions, le même style. Je me dis que ça doit être plus facile de faire bloc à plusieurs, plus aisé d'être cool à dix-sept ans, plus évident d'éviter les coups de poing en étant perché sur une selle de moto. Romain prend appui sur sa jambe gauche, se penche en avant, bras droit tendu vers l'arrière, puis il balance sa boule avec force et adresse. Il reste dans la position, bras droit cette fois, tendu vers les quilles jusqu'au strike, puis il se redresse, se retourne et jette ses bras en l'air en signe de victoire.

Son cri de joie est absorbé par le brouhaha ambiant. Ils se tapent dans les mains, puis c'est au tour d'Édouard. Il prend deux-trois rasades de soda, s'ébroue puis attrape une boule verte qu'il coince sous son menton, les coudes serrés. Il se retourne vers ses camarades, tire la langue, les yeux exorbités par le défi puis fait rouler la boule avec un effet d'optique qui donne l'impression qu'elle se dirige dans le sens opposé. Les deux dernières quilles oscillent puis finissent par se stabiliser.

— Woooo ! hurle Antoine qui se lève à son tour. T'es chaud, Arthur ? C'est à toi après ! me dit-il avec un clin d'œil.

Je n'ai pas du tout hâte de me ridiculiser mais, encouragé par les trois compères, je me lève et prends une boule au hasard.

— Mais non, pas celle-là, tu vois bien qu'elle est plus grosse que toi. Regarde, tes doigts glissent.

Prends plutôt celle-là, la petite bleue. Alors écoute-moi bien, dit-il calmement près de mon oreille, les mains appuyées sur ses cuisses, penché en avant. Le but est de faire tomber les quilles au fond, rajoute-t-il en les pointant du doigt. Si tu n'y arrives pas, c'est pas grave, on est là pour s'amuser, c'est pas une compétition. Tu dois plier tes jambes légèrement au moment de tirer. D'abord, tu dois prendre un peu d'élan puis garder le bras bien droit et stable une fois la boule lancée. Vas-y, je crois en toi.

En temps normal, la boule aurait fini sa course dans la rigole ou fait une halte minable au beau milieu de la piste par manque d'impulsion, ce qui aurait engendré une fois de plus des moqueries et des fous rires. Mais un miracle est en train de s'opérer ; la chance du débutant. La petite bleue poursuit sa course, imperturbable, puis percute les quilles franchement. Alors que la dernière d'entre elles hésite et titube, je ne respire plus, je serre mes poings fort et ferme les yeux. Je comprends au moment où Antoine me soulève que la musique qui retentit vient de m'accorder dix points, le score maximum pour un premier lancer. J'ai l'impression que mon cœur va exploser dans ma poitrine.

Ça doit être ça le bonheur – cette énergie qui éclate dans le ventre puis envoie des milliers de papillons jusqu'au bout des doigts, cette sensation douce et sucrée qui envahit la langue comme une poignée de fraises tagada, cette lueur qui allume plein d'autres bougies dans les yeux, cette force invisible qui ouvre un sourire comme les rideaux au début d'un spectacle prometteur.

Marc

Quand Louise est arrivée à l'agence, je l'ai reconnue tout de suite. Elle avait la même coiffure que dans mes souvenirs – de longs cheveux blonds attachés en queue-de-cheval basse et une frange qui encadre son visage et ondule légèrement sur les tempes. Surtout, malgré quelques ridules, elle avait toujours de grands yeux verts écarquillés qui lui donnaient ce petit air naïf irrésistible. C'était l'été, je me souviens. Elle portait une robe de la même couleur que ses yeux. Elle camouflait sa timidité derrière un large sourire et ses formes sous des vêtements amples. Sa féminité s'exprimait dans le blanc des perles à ses oreilles, dans le rouge de ses ongles, dans le velours du nœud souple qui rassemble ses cheveux et dans la courbe délicate de sa nuque.

Je ne peux pas lui en vouloir de ne pas se souvenir du mec boutonneux assis au fond de sa classe de terminale. Doublement caché en quelque sorte. Travaillant dans le même cabinet d'assurances à présent, je crois qu'elle ne m'a vraiment regardé qu'au bout de quelques mois, malgré un nombre incalculable de prétextes pour m'arrêter à son bureau et les milliers de cafés offerts. Rien ne la faisait sourciller, ni les cappuccinos, ni les allongés, ni les latte, ni les expressos bien tassés. Elle les buvait poliment d'une traite puis disposait des gobelets, intacts et auréolés d'une trace de rouge à lèvres discret. J'aurais tout fait pour poser mes lèvres sur la marque des siennes, pour vivre dans sa tasse, pour être le sucre dans son café. J'aurais pu me planter à poil devant elle, entamer une danse égyptienne ridicule ou un numéro de claquettes fantastique, rien n'y faisait. Elle était un soleil avec le thermostat sur zéro, un astre qui ne brille que pour les insomniaques, une fusée supersonique clouée au sol.

Et puis un mardi, peut-être parce que, comme dans l'émission de télé, c'est permis, elle s'est approchée de moi dans la salle des archives. J'ai cru au début que c'était à cause de l'étroitesse de la pièce qu'elle s'était collée à moi. Mais j'ai rapidement compris que les cafés avaient fini par faire leur effet. À retardement, mais décuplé. Je crois que tous les clochers du monde ont sonné en même temps, tellement il y avait du bruit dans ma tête. Elle a déboutonné ma chemise, m'a respiré, animale, puis elle a glissé ses doigts le long de ma nuque et tiré ma tête vers elle. De nos ébats, il ne me reste que des flashs. Intenses, volés. Je crois qu'elle m'a touché-coulé, dévoré tout entier, bouleversé.

Le lendemain, pour une raison incompréhensible, je suis redevenu transparent. Plus rien ne résonnait, pas une seule cloche, pas même un jingle de fin. Juste un silence assourdissant, le sifflement à peine audible qui persiste le lendemain de fête haute en décibels. J'ai même pensé avoir été l'auteur d'un mauvais sketch ou d'une blague Carambar. Fallait-il mettre cela sur le compte de l'alcool que nous n'avions pas bu ou de la dispute que nous n'avions pas eue ? Étais-je devenu fou, sénile ou juste inconsistant ?

Puis tout est devenu limpide le jour où elle s'est assise sur sa chaise, mollement, en agrippant son imperméable, comme si elle avait pris conscience qu'elle avait oublié d'enfiler des vêtements ce matin-là. J'ai alors compris que c'était l'angoisse du cancer qui l'avait poussée dans mes bras, comme l'effet d'un aimant inversé.

Allongée sur son lit d'hôpital, elle ne me voit pas non plus. Parce qu'elle dort. Parce qu'elle ne s'attend pas à ma présence. Parce que toute son attention est concentrée sur une zone de quelques centimètres qui l'empêche de voir plus loin. Même emmêlée et cernée, je la trouve belle et touchante, comme un ange endormi après une bataille de polochons dans les nuages. En l'espace de dix jours, j'ai été promu de collègue-cafetier à personne référente pour l'hôpital.

« Je ne savais pas que tu étais rouquin » est la première chose qu'elle m'a dite en se réveillant. J'aurais imaginé d'autres variantes du style « Tu es là depuis longtemps ? », « C'est gentil d'être venu » ou même « Je rêve d'un café ! » ; au moins ça ne m'aurait pas changé de l'habitude. Mais je me conforte en me disant qu'elle m'a regardé et, surtout, qu'ils ne l'ont pas amputée de son sens de l'humour.

Je suis blond vénitien et ma barbe est rousse. Quand j'étais jeune, je la laissais pousser pour faire plus âgé et plus viril, mais, avec les années, j'ai bien peur de faire davantage Barberousse que Ragnar le Viking. Je ne suis pas rentré chez moi cette nuit. Je me suis endormi sans le vouloir sur le fauteuil très tape-cul placé à côté du lit de Louise. Et, à présent, je suis pris en flagrant délit de défaut de rasage et d'amour transi. Pour elle, j'abandonnerais femme et enfants si j'en avais, je planterais une tente à son chevet pour partager ses jours et ses nuits mais je me rends compte que c'est exagéré, voire ridicule. Je ne suis ni lâche ni courageux, je suis juste un homme et je suis là. Parce qu'elle me plaît, qu'elle me l'a demandé, parce que ça me semble humain, parce qu'à part une pizza et un mauvais feuilleton, rien ne m'attend vraiment.

Elle me fait un petit signe de la main pendant que je la regarde rentrer chez elle avec impuissance. Je pense au vide qu'il va y avoir au bureau sans elle, aux déjeuners avec moi-même, à l'éternité provoquée par l'attente. Puis j'enclenche la première, tourne à droite et me dirige vers le centre-ville pour boire mon premier café sans elle. Sur l'écran de mon téléphone, un message de Louise s'affiche : « Merci beaucoup de t'être occupé de moi. Je ne dois pas avoir laissé une impression mémorable et j'en suis désolée. PS : je préfère le cappuccino. Louise. »

Arthur

L'excitation du moment s'évapore au moment où j'aperçois Étienne à la caisse du bowling. Une claque qui réveillerait même un ours en hibernation, un uppercut qui mettrait KO Mohamed Ali. La raideur dans mon corps doit être palpable parce qu'Antoine dirige son regard automatiquement vers Étienne en suivant le mien. Le petit gringalet à côté de lui affiche le même air niais et autant de taches de rousseur sur le visage. Il n'en existe donc pas qu'un seul exemplaire… à mon grand désespoir.

— C'est lui, le terroriste ? me demande Antoine avec un mouvement de la tête.

— …

— Ok, c'est lui alors.

Antoine sort quelques billets de son porte-monnaie et règle notre partie sans dire un mot. Je suspecte que son silence est tout aussi trompeur qu'un volcan qui sommeille ou un chat qui remue la queue. Il enroule son bras autour de l'épaule de Romain et lui glisse des mots que je ne peux pas entendre.

Une fois dehors, les choses s'enchaînent extrêmement vite, comme dans les comics ; avec des onomatopées géantes, des traits exprimant des mouvements rapides et des gros plans sur les bouches grimaçantes et les yeux exorbités. Antoine m'ordonne de l'attendre sous le préau du bowling. Les trois compères chevauchent leurs bolides comme un seul homme et encerclent les deux frères sous le regard ébahi des quelques amateurs de bowling qui sortent au même moment, ne sachant pas trop quoi penser de la scène. Je me souviens des bruits d'accélérateur, des pétarades de pot catalytique, de leurs cris de Sioux et des visages apeurés des deux victimes. Soudain, je ne perçois plus l'auteur de mes pires cauchemars mais le jeune garçon qui protège son petit frère en le serrant contre lui, les ricanements ont fait place aux larmes et aux lamentations.

Étrangement, cette scène me met très mal à l'aise. Je leur crie d'arrêter mais ils ne m'entendent pas ; alors, sans réfléchir, je me mets à courir dans leur direction en remuant les bras comme un forcené. Antoine pile devant moi, la roue arrière se soulève et dérape légèrement vers moi en se posant sur le sol. Il met un pied à terre, coudes toujours en l'air, puis relève son masque de moto d'un geste bref. Il me fait signe de mettre mon casque et de grimper derrière lui. J'attrape sa main et me hisse derrière lui. Étienne et son frère n'osent pas bouger, pétrifiés par la peur. Avec deux doigts, il fait comprendre à Étienne qu'il l'a à l'œil. Romain et Édouard se mettent au même niveau que nous, donnent un grand coup d'accélérateur puis démarrent sur les chapeaux de roues bruyamment, comme une tempête qui s'en va gronder plus loin. Sur le chemin du retour, agrippé de toutes mes forces à Antoine, je suis partagé entre le plaisir d'avoir été défendu et la déception qu'il se soit lui aussi comporté comme un « terroriste ».

— Mais t'as vu sa tronche ! s'esclaffe-t-il après avoir enlevé son casque, une fois arrivés à la maison. Il faisait moins le malin, là.

Comme je baisse la tête et ne dis rien, Antoine me demande ce qui ne va pas.

— C'est gentil d'avoir voulu me protéger mais vous y êtes allés fort avec eux, quand même.

— Parce qu'il n'y va pas fort, lui peut-être ? Je les ai vus, tes bleus, j'te rappelle.

— Oui, mais c'est pas mieux que ce qu'il me fait !

— Je ne l'ai pas touché ! Il a flippé deux minutes, ça va, il s'en remettra !

— Et s'il se venge ? Et si c'est pire pour moi maintenant ?

— Il n'a pas intérêt, j't'le dis direct !

— Tu ne seras pas toujours là pour me défendre.

— Eh ben t'as qu'à le dire à un adulte au collège. Tant que tu ne demandes pas d'aide à quelqu'un, ils continueront !

Élodie est en train de préparer le dîner au moment où nous pénétrons dans la maison.

— Ça va, les garçons ? Vous étiez où ?

— Au bowling, on s'est bien éclaté, répond-il de manière innocente, à moins que le léger coup de coude qu'il me donne au même moment ne fasse plutôt référence à la partie de rodéo qui s'est ensuivie.

— Tous les deux seulement ?

— Nan, Romain et Édouard sont venus. Comme d'hab.

— Par contre, ta moto d'enduro n'est pas faite pour monter à deux et, par temps de pluie, ce n'est pas très malin, je ne suis pas sûre que Louise aurait apprécié.

— En même temps, tu veux qu'on y aille comment ? C'est pas comme s'il y avait des bus, dans c'trou.

— Ne recommence pas, Antoine. Y'en a qui tueraient pour avoir une maison si près de la mer.

— Des vieux, alors !

— Et attention à ta façon de parler, jeune homme ! Allez-vous laver les mains, on mange dans cinq minutes !

Élodie est grande et brune, tout le contraire de ma mère. Elle porte une paire de jeans skinny bleu foncé, une chemise blanche et de nombreux bracelets et bagues en argent. Je me suis toujours demandé si elle enlevait tous ses bijoux pour enseigner au

Conservatoire, ou si elle en profitait pour rajouter une joyeuse cacophonie aux notes de musique. Ce soir, j'ai enfin ma réponse. Elle pose son attirail sur l'îlot central de la cuisine et se dirige vers le piano à queue Steinway & Sons noir laqué qui trône au milieu du salon majestueusement. Du canapé, je l'aperçois derrière le couvercle relevé, comme coupée du reste du monde. Elle choisit une partition, attache ses cheveux, prend une courte inspiration puis lance ses doigts fins avec une dextérité inouïe sur le clavier noir et blanc. Le salon se remplit alors d'allegro, d'andante et de largo jusqu'au plafond, créant une réverbe de type cathédrale. Je ne sens plus mon corps, il est en apesanteur au-dessus du canapé sur lequel je me suis affalé pour lire. Les notes ont pris possession du temps et de l'espace environnant. Le monde n'existe plus, il est devenu immatériel, aérien. Je voudrais qu'elle ne s'arrête jamais, que ses notes me soulagent à jamais du poids logé dans ma poitrine, que le monde entier vibre au rythme des croches, des triolets et des soupirs.

Thierry

La vue sur la tour Eiffel depuis le salon VIP de l'Art Basel est à couper le souffle. Les lampes posées sur les tables se reflètent sur les grandes baies vitrées comme des lanternes flottantes sur un ciel assombri. Je savoure cet instant de répit en sirotant un jus d'oranges pressées. J'ai les jambes en compote après quatre jours passés à faire le pied de grue sur mon stand. Heureusement, j'ai réalisé quelques belles ventes dont un tableau de Béatrice Casadesus : des déclinaisons de bleu et de jaune comme un ciel féerique parsemé de guirlandes d'étoiles. Savoir sélectionner la ou les pièces qui sauront séduire les amateurs d'art n'est pas une mince affaire, et même après quinze ans de métier il m'arrive de passer à côté d'une pépite ou de leurs goûts. Lors d'un salon, ce sont les clients qui viennent vers l'œuvre d'art et non pas l'inverse, ça évite les loupés, mais pas l'attente interminable, voire le bide total. Les places sont chères dans ce genre d'événement ; rentrer bredouille n'est pas une option malgré le prestige de l'opportunité.

J'aimerais m'absenter moins pour ne pas faire les mêmes erreurs que par le passé mais je ne parviens à compresser ni les heures ni les factures qui s'accumulent avec la nouvelle maison. J'ai l'impression de devoir ramer plus fort pour compenser la place de choix sur les dunes près de la mer. Élodie rêvait de hauts plafonds et de calme pour composer, la maison a donc été construite selon des critères acoustiques bien précis. Je ne pensais pas que le vide et le silence avaient un tel prix. Parallèlement, l'effort et le stress qu'ils nécessitent sont bien plus organiques ; de la sueur, des palpitations et des ballonnements. Refaire sa vie, comme son nom l'indique, implique de recommencer à zéro, mais avec quelques années en plus dans les tuyaux, de redoubler d'efforts entre l'ancienne et la nouvelle vie afin qu'elles ne se télescopent pas. Le temps passé à essayer de construire ma carrière et mon nouveau couple l'emporte sur les moments partagés avec Arthur. Je m'éparpille, je m'oublie. Je ne sais même plus à quand remonte mon dernier footing ou sortie vélo. Je sens bien que je n'encaisse plus les déplacements comme avant, que quelques jours à Paris me fracassent, ballotté par la foule dedans et dehors, usé par le manque de sommeil. Parfois, j'aimerais pouvoir ralentir le rythme de la vie qui file à toute vitesse et savourer les quelques victoires qui me sont accordées sans avoir à réfléchir à la prochaine étape constamment.

Mais j'imagine que j'ai la vie qui va avec mes ambitions. J'aime également celles d'Élodie, la passion avec laquelle elle se jette dans sa musique, le sérieux avec lequel elle compose pendant des heures sans interruption, j'admire sa créativité et la profondeur de son inspiration. Lorsque je l'aperçois dans cette belle maison hors du temps, je me souviens alors pourquoi je me donne autant de mal ; pour sa carrière, pour son sourire, pour son amour.

J'ai perdu cette émotion pour Louise au fil des années, parce que l'adolescente timide que j'ai eu envie de protéger est devenue une adulte sans grande ambition, qui ne perçoit pas le monde au-delà de la bulle familiale, trop absorbée par notre fils et happée par la routine quotidienne. Élodie a été le déclencheur de nouvelles émotions, elle m'a libéré de ce costume devenu trop étroit, d'un rôle que je prétendais remplir.

J'ai peur qu'Arthur ne retienne pas l'image d'un père très investi, qu'il me jette un jour au visage toute son indifférence. Cependant, j'ai envie de croire qu'il comprendra plus tard que la vie est remplie d'embûches et d'imprévus, que ces choix qui nous paraissent être les bons sur le moment, même s'ils sont imparfaits, nous permettent d'avancer et de créer notre identité. On n'imagine pas la tournure que peuvent prendre les événements quand on est jeune. On tombe amoureux, on se marie, on fait des enfants, on est heureux, on fait des projets, on travaille. Ça, c'est l'image qu'on renvoie au monde. Puis, avec le temps, la ligne de vie bien droite ne surprend plus, n'interroge plus.

J'ai arrêté de culpabiliser parce qu'il y a trop de raisons de le faire. Et puis, quand je vois la fibre artistique de mon petit bonhomme, je me dis que j'ai dû faire deux-trois trucs correctement. Lorsqu'il était bien plus jeune, je l'amenais dans les musées en avant-première, au moment de l'installation des collections, quand j'avais la chance que l'on m'y invite. Arthur courait dans les couloirs puis s'arrêtait, interpellé par un ange déchu vieillissant grandeur nature tombé sur le sol, un visage qui change de forme selon l'endroit où il se tenait par rapport à l'œuvre, une voiture cabossée contenue dans un bloc de résine, un panier de basket chandelier ; de multiples invitations au voyage nourrissant déjà son imaginaire.

Arthur s'est mis à jongler avec les mots, au moment où son souffle court a commencé à le clouer au sol, limitant ses cabrioles et ses foulées. En déchiffrant les panneaux devant lesquels nous passions en voiture, il appréhendait le monde et se l'appropriait. À travers son regard captivé, je vivais par procuration la sensation de liberté qu'il découvrait. Très tôt, la maîtresse nous a interpellés au sujet de sa précocité ; sur la magie qui s'opérait lorsque Arthur créait mais aussi sur les limites qui allaient vite se présenter à lui et le décalage avec les camarades de sa classe. Pendant que les autres jouaient dans la cour de récréation, Arthur lisait, assis, seul contre un mur, ou étudiait les mappemondes dans la classe entre deux discussions avec les lapins qu'il mettait en scène. Quel crève-cœur pour Louise et moi de le savoir ainsi mis à l'écart ! Mais il ne semblait pas malheureux, il se suffisait à lui-même, avait précisé la maîtresse. Il fallait rester vigilant car les enfants pouvaient faire preuve de cruauté à cet âge-là, avait-elle rajouté.

À présent, au collège, ses résultats continuent à être brillants et ses professeurs dithyrambiques, mais je le trouve fatigué. Est-ce à cause de son asthme ou du nouveau rythme scolaire ? C'est difficile à dire car il ne partage pas beaucoup ses impressions sur son premier trimestre et le fait qu'il n'ait pas d'amis n'est pas un phénomène nouveau. J'espère qu'il saura faire sa place dans le monde et que la pépite en lui sera dénichée comme la fameuse œuvre d'art unique qui attire l'œil expert, ignorée par la masse.

Louise

Je n'ai jamais eu de passion. J'ai essayé la danse classique mais je finissais par me cacher dans les toilettes pendant les exercices de grand écart, évitant ainsi le moment où la professeure nous montait sur les jambes pour qu'elles cèdent sous son poids et son autorité. J'ai tenté le piano mais les gammes interminables et les dictées de notes ont eu raison de la mélomane en moi. Et puis il y a eu le tennis que j'ai vécu comme un supplice ; je passais des heures sous un soleil de plomb à enchaîner revers et coups droits en file indienne derrière mes camarades de jeu, à n'y trouver aucune joie, aucun intérêt, à part celui d'être occupée le mercredi après-midi. Je crois tout simplement que je n'ai jamais aimé l'effort intense disproportionné qu'il fallait fournir pour savourer la poignée de secondes de plaisir qui en découlait.

J'ai découvert l'effort en devenant mère. Tomber enceinte est loin d'avoir été une évidence pour moi ; j'ai eu recours à de nombreuses FIV, dix exactement. Un vrai marathon de la fertilité. Il y a eu les injections d'hormones pour stimuler mon ovulation qui m'ont fait gonfler et donné la nausée, les ponctions de follicules avec une aiguille que l'on m'a plantée à travers les parois du vagin qui m'ont fait saigner puis les transferts d'embryons à l'aide d'un cathéter qui ont échoué neuf fois. Neuf fois j'ai pleuré, neuf fois j'ai recommencé. Lorsque, enfin, cela a marché, j'ai compris la notion de résilience et savouré celle de la victoire. Grâce à ce miracle, je n'ai plus jamais douté de ma force. Arthur est le résultat du prodige et de la fragilité de l'existence.

Comme dans le dessin animé « Il était une fois la vie », j'imagine que des petits ouvriers sont propulsés dans mon corps. Ce sont des agents intercalants, des chevaliers des « poisons du fuseau » ; ils viennent des tribus des Alkylants, des Antimétabolites et ont tous pour mission d'attaquer ce qui pourrait rester de la tumeur. Des soldats à ma rescousse. Je suis assise dans un fauteuil avec d'autres patients qui, comme moi, sont traités à l'hôpital en ambulatoire. On se regarde du coin de l'œil, avec un pincement de lèvres complice, puis on replonge dans nos pensées ou notre bouquin, feignant la patience et la sérénité. Marc est venu me chercher sur sa pause du midi, pensant que je serais trop faible pour rentrer chez moi avec les transports en commun, voulant sûrement prémunir mon système immunitaire défaillant contre les microbes environnants.

— Comment tu te sens ? finit-il par me demander une fois dans la voiture.

— J'ai un peu mal au cœur, je suis désolée, je n'ai pas la force de parler, je vais vomir sinon.

Nous avons fait le reste de la route en silence, lui les yeux rivés sur la route et moi la tête collée contre la fenêtre passager entrouverte. Je me souviens qu'il m'a accompagnée chez moi, a préparé un thé qu'il a dû ramener dans la cuisine parce qu'entre-temps je me suis endormie en boule sur mon canapé. Il a étendu un plaid sur moi, fermé les rideaux puis est parti sans faire de bruit.

J'ai l'impression de peser une tonne et de sombrer dans une piscine dont je ne vois pas le fond. Peut-être qu'en dormant je serai moins nauséeuse, peut-être qu'en me déconnectant je penserai moins. Je sais que ce n'est que le début et que je dois être forte. Mais, avant toute chose, je voudrais dormir. Dormir longtemps. Je suis si fatiguée.

Arthur est rentré tout sourire à la maison dimanche, après ses deux semaines passées chez son père. Ça me fait plaisir de le voir avec une bonne mine, rayonnant et plein d'anecdotes à me raconter. Les effets de la chimio ayant eu le temps de s'estomper, je l'accueille avec entrain et lui propose des crêpes pour le dîner et un petit film pour finir ses vacances sur une note festive.

— J'ai passé plein de temps avec Antoine, c'était trop bien !

— Ah oui, il était là cette semaine ? Qu'avez-vous fait de beau, alors ?

— Il m'a montré quelques accords de guitare, j'arrive presque à faire une chanson complète. Une chanson simple, hein ! On est allé une fois à la piscine et une fois au bowling. D'ailleurs, j'ai pas été nul, pour une fois.

— T'es pas nul, tu manques de pratique c'est tout ! C'est très aléatoire, le bowling. Je ne suis pas sûre d'être très douée non plus, tu me diras. Mais au moins c'était chouette, vous vous êtes bien amusés, alors.

— Il est un peu foufou. Mais il s'est bien occupé de moi, je trouve.

— C'est sûr qu'à son âge il aurait pu ne pas être très intéressé.

— Élodie le lui a demandé parce qu'elle travaillait. Pour que je ne sois pas seul.

— Je suis contente pour toi, mon chaton. Tu as profité de ton père aussi ?

— Oui, les premiers jours. Ensuite, il a dû partir à Paris pour un salon, l'Art Basel, je crois, un truc comme ça.

— Qu'est-ce que vous avez fait ensemble ?

— Bah, les devoirs, déjà. Et puis des balades en ville, tiens d'ailleurs, il m'a acheté un nouveau pull, je te montrerai, il est trop beau ; bleu avec une capuche. On est allé au ciné, on a vu *Avatar* en 3D. Papa s'est endormi vers la moitié du film.

— Il était fatigué ?

— Le film fait plus de trois heures, en 3D en plus, faut être attentif ! Le plus marrant, c'est qu'il a nié. Il a dit qu'il a juste décroché quelques minutes.

— Et toi tu l'as bien aimé, le film ?

— Oh oui, c'était magnifique, comme un voyage. J'ai surtout aimé les paysages sous-marins avec les poissons multicolores. Mes préférés, c'est les baleines, les Tulkuns. Des mammifères majestueux, tellement courageux et intelligents.

J'observe mon fils avec fierté pendant qu'il me décrit à peu près tous les personnages et les animaux du film. Je suis tellement heureuse de le voir épanoui et bavard que je n'ai pas le cœur de l'interrompre pour le coucher.

— Et toi, qu'est-ce que tu as fait de beau ? me demande-t-il avec un large sourire.

— Rien de très spécial. J'ai travaillé et j'ai eu une petite opération.

— Ah oui, papa m'a dit. Et ça s'est bien passé ?

— Je pense, oui. J'ai un traitement à prendre pour que ça ne revienne pas. C'est assez fatigant, donc je vais devoir travailler à la maison quelque temps.

— La chance ! J'aimerais bien travailler de la maison, moi aussi.

Arthur baisse la tête tristement. Il vient de se souvenir que l'école reprend demain. Le blues du dimanche soir. Ce nœud dans le ventre qui rappelle à la réalité. Celle qui commence à faire tomber mes cheveux par poignées, celle qui me donne des haut-le-cœur par dizaines, celle qui dessine la fatigue sous mes yeux.

Arthur

Je suis de retour dans l'état de « Zibonesse » qui me remue le ventre d'excitation et de trouille. Je franchis la porte du collège et repousse ma capuche bleue, le temps de montrer mon carnet de liaison au surveillant. À défaut de me protéger, le sweat offert par mon père me rendra peut-être invisible dans le flux d'élèves qui remplit les coursives progressivement. Peut-être que, si je change légèrement ma démarche et baisse la tête, on ne me remarquera pas. Mais la main qui attrape mon sac me prouve rapidement le contraire. J'ai à peine fait cinq mètres que les ennuis commencent déjà.

— Alors l'intello, on a un beau pull, dis donc ! C'est pratique, les capuches, pour te flanquer par terre !

Ronan m'a repéré, hilare. À croire qu'il a attendu cet instant pendant toutes les vacances. Il est planté devant moi avec ses yeux enfoncés et son sourire carnassier, telle une hyène qui rôde autour de sa proie facile. Je ne vois pas Étienne, il a dû envoyer son émissaire.

— Laisse-moi tranquille !

Je fais un mouvement circulaire avec mon coude pour me dégager de son empoigne. Mais il revient à la charge en tirant de toutes ses forces sur ma capuche de manière à m'étrangler. Je percute un autre élève en perdant l'équilibre. Le collégien en question me retient avec ses mains et me pousse dans une autre direction, m'ordonnant de « faire gaffe » où je marche. Sauf que je ne marche pas, je titube. Je suis la balle dans le flippeur, la boule dans les quilles, je n'ai aucun contrôle. J'ai du mal à retrouver mon souffle, tout tourne autour de moi. Dans une vision tunnel, je ne perçois que des corps qui tournent autour de moi. Seul Ronan est net, prêt pour un duel pour lequel je suis désarmé, un genou à terre, une main enroulée autour de ma gorge endolorie. Les trois notes sonnent, la nuée de collégiens désépaissit. Une voix s'élève, celle de la CPE : « Vous deux, dans mon bureau ! »

Madame Alliot ôte son manteau rouge et le place sur un cintre. Dans le regard de Ronan, je lis le verbe « massacrer » conjugué à tous les temps et surtout au futur. Elle ajuste ses lunettes et nous commande de nous asseoir, d'un ton sec.

— Vous pouvez m'expliquer ce qu'il s'est passé dans la cour ? demande-t-elle en nous fixant à tour de rôle, nous toisant de toute sa hauteur, les bras croisés.

Ma trachée est pincée ; je peine à déglutir et à respirer normalement. À l'intérieur, cependant, je retiens mon émotion, mais je ne sais pas combien de temps. J'entends encore les fils de ma capuche craquer, je visualise les mains qui me poussent, le genou qui plie et le flou qui m'envahit.

— Je vois pas de quoi vous parlez, répond Ronan en haussant les épaules dans lesquelles il rétracte sa grosse tête.

— Ça fait deux minutes que vous êtes là et déjà c'est la pagaille !

Ronan fait mine de ne pas comprendre le mot, ni l'intention. Madame Alliot pose à présent ses mains sur le bureau et s'adresse directement à lui sans équivoque :

— Visiblement, le redoublement ne t'a pas fait réfléchir. Si je t'attrape encore une fois à malmener tes camarades, je te renvoie en conseil de discipline, c'est assez clair pour toi ? Tu n'es qu'en sixième, ne te prends pas pour le caïd que tu n'es pas. Filez, je vous ai assez vus !

Elle nous congédie avec la main. Ronan bondit comme s'il était assis sur un ressort et se dirige vers la sortie en fulminant. Je lui emboîte le pas, tête baissée, ne sachant pas si Madame Alliot vient de me sauver ou de signer mon arrêt de mort. Elle ne me demande pas de rester pour connaître le fin fond de l'histoire, mais je sais que, une fois sa porte passée, je me retrouverai dans l'arène, entouré d'une foule assoiffée de sang et de rixe, malmené par des gladiateurs trois fois plus grands que moi qui attendent l'ordre de me démembrer.

Je ne parviens pas à me concentrer en cours de sciences physiques, mon corps est bien présent mais ma tête semble déconnectée. Pourtant, malgré l'épisode précédent, elle est bien sur mes épaules. Les voix qui m'entourent forment un écho sourd qui tambourine dans mes tempes. Mes yeux sont fixes, ils ne clignent plus, une larme rebelle coule lentement le long de ma joue et s'écrase sur ma feuille. Puis une deuxième. Je les essuie avec ma manche et renifle pour les retenir en vain, comme un robinet qui fuit et rend fou. J'essaie d'inspirer et d'expirer lentement pour me calmer, mais les mouvements forcés du diaphragme se transforment en sanglots incontrôlables. Le barrage qui contient des semaines de pluie et de torrents insidieux finit par céder.

— Ça va, Arthur ? demande le professeur de sciences physiques, qui interrompt son cours.

Je suis incapable de répondre, pris d'assaut par les spasmes et les yeux voilés d'eau salée. Le professeur, désemparé, demande à Léonie de m'accompagner à l'infirmerie.

Une fois que nous sommes sortis de la classe, ma vulnérabilité est devenue tellement cramoisie que Léonie n'ose pas me regarder. Au bout de quelques pas, alors que j'essaie de faire taire le bruit de mon angoisse qui résonne dans mon cœur et dans le couloir, je sens sa petite main se glisser délicatement dans la mienne. Un geste de douceur inattendu qui me rappelle que j'existe et qu'elle me voit.

— Tu veux qu'on aille dehors quelques minutes, histoire de te changer les idées ? me demande-t-elle d'une voix douce.

Je hoche la tête en évitant son regard. J'ai terriblement besoin de me moucher, mais, pour cela, il faudrait lâcher sa main ; or, à cet instant précis, elle est tout ce qui me raccroche à l'envie. Je m'assieds au soleil près d'elle sur les marches, en espérant qu'aucun surveillant ne viendra nous chasser de là. Elle cherche un mouchoir dans son manteau et me le tend.

— Je me disais bien qu'il m'en restait un ! Tiens !

Je me tourne légèrement afin de lui éviter le spectacle. J'ai rarement été aussi moche ; le visage boursoufflé, les yeux rougis, le nez plein, à souffler comme un éléphant dans sa trompe. Et, pourtant, c'est le moment que Léonie choisit pour déposer un baiser furtif sur ma joue. Sûrement par compassion ou parce qu'elle ne trouve pas les mots.

— Tu n'es pas obligé de me dire ce qui ne va pas, mais si tu veux on peut rester un peu ici avant de retourner en classe. On peut même squatter ici jusqu'à ce que la cloche sonne, le cours n'était pas passionnant, de toute façon !

Elle essaie de me faire sourire mais il vient de tellement loin, qu'elle ne le verra pas aujourd'hui. Elle tend son visage vers le soleil qui se reflète doucement sur ses lunettes. Ses mains sont croisées au niveau des genoux, son lacet est défait et il me semble que son manteau enfilé à la hâte n'est pas boutonné correctement. Sa présence m'apaise, je me mets à rêver d'école buissonnière avec elle. Peut-être qu'un jour j'aurai le courage de le lui proposer.

Ronan

La peinture est écaillée dans les escaliers, l'ascenseur est encore en panne. Onze étages à monter avec le caddie de courses, la rambarde branlante et les cafards qui se carapatent à toute vitesse. J'entends des voisins qui hurlent, des portes qui claquent, des télévisions qui braillent. Les plafonniers glauques couverts de poussières clignotent au-dessus de ma tête jour et nuit. J'entends une sirène de voiture de flics, les sifflements des guetteurs, l'agitation en bas de l'immeuble. Un peu plus loin, au bar, des vieux font la queue pour un paquet de clopes ou un ticket à gratter. Sur la place, y'a des collègues en capuche qui roulent des joints, ils me saoulent, ils se croient frais. Ça fait longtemps que le marchand de fruits et légumes n'en étale plus beaucoup, que les grilles rouillées de la boutique du cordonnier sont baissées et que la boîte aux lettres qui sert de perchoir aux pigeons est recouverte de tags et de fientes. Un tas de carcasses de frigos et de voitures sont abandonnées devant la barre d'immeuble d'en face ; elles servent de tours de guet et de planques. Il n'y a pas d'avenir ici dans le quartier de la Mosson.

La porte d'entrée de l'appartement 1104 coince et grince. Je donne un coup d'épaule, un deuxième, elle s'ouvre enfin en vibrant et raclant le sol. Ça pue le moisi partout dans l'appart, les radiateurs font du bruit, ils sont complètement pétés. Le seul coin un peu chauffé, c'est la chambre de Mamie. On y a installé un petit truc soufflant qui doit la bercer en même temps, parce qu'elle en sort jamais.

— Je suis rentré, Mamie. J'ai fait les courses. Tu veux un truc à boire ?

Elle me répond pas, trop occupée à fixer la tache brune de la fuite d'eau au-dessus de sa tête. Un jour, le plafond finira par lâcher, le voisin tombera dans le lit de ma mémé. Je crois que c'est ça que je checke tous les jours. Pour l'instant, ça tient !

Je vais dans la cuisine, je traîne une chaise près de la fenêtre et je sors une galo du paquet que j'ai tiré tout à l'heure. Le pauvre Omar se fait avoir chaque fois. Il suffit qu'on l'attire dans le fond du magasin avec un gros délire, on bondit derrière la caisse pendant qu'il a le dos tourné, ni vu ni connu. J'ai repéré l'angle mort de la caméra de surveillance. Si elle marche aussi bien que son frigo tout claqué, on peut y aller tranquille, c'est carré !

J'tire ma première taffe. C'est vraiment dégueulasse mais ça me donne l'impression d'être un daron. En tout cas, là tout de suite, dans ma cuisine, c'est moi l'boss. Ma mère est partie faire des ménages. Elle rentrera vers 16 heures, aussi lessivée que les sols qu'elle a nettoyés. Mon père travaille sur un chantier à l'autre bout de la France. Ça doit être vraiment loin parce qu'il ne rentre jamais. Pourtant, Maman dit qu'il envoie de l'argent tous les mois. Je le connais pas bien, mon père. Je sais qu'il a une moustache, des grosses mains et des jambes courtes mais solides. Il paraît que je suis son portrait. En vrai, j'en sais rien, j'lai à peine vu. J'sais pas s'il existe que selon ma mère et s'il nous file vraiment les tunes pour payer le loyer de ce trou.

Je range les courses et je pose le magazine du supermarché sur la table pour que ma mère puisse gratter quelques centimes par-ci par-là avec ses pauvres tickets Leclerc. Mon frère Kevin, lui, c'est le plus gros égoïste que je connaisse. Il fait partie des cons qui traînent dans le quartier, avant c'était un « chouf », un guetteur, quoi. Il est passé dealer de shit et de crack ; son seul rêve, c'est de devenir un caïd. Avec l'argent du deal, il se croit libre, il se croit fort ! Mais ce bouffon se rend pas compte qu'il va rester toute sa vie dans le quartier !

J'en peux plus de cette vie, elle me fout la rage. Parfois, j'aimerais tout faire péter, que tout explose, que je me débarrasse de tous ces guignols qui arriveront à rien. Ma vie ici ne mène nulle part, un peu comme l'ascenseur.

Louise

Je suis assise dans un fauteuil noir face au miroir qui renvoie la nouvelle image de moi, celle d'un poussin déplumé. La tondeuse vrombit près de mon oreille un instant avant de créer un chemin sur le haut de mon crâne comme on coupe les blés arrivés à maturité. Les mèches tombent sur mes épaules, d'autres virevoltent devant mon visage avant d'atterrir sur mes genoux, avant de quitter mon corps définitivement. Je les repousse doucement vers le sol dans un mouvement d'adieu. Des larmes apparaissent au moment où ma féminité s'estompe. Pourtant, je n'ai pas trahi ma patrie en couchant avec l'ennemi, ni prêté serment de la défendre en prenant les armes contre lui. J'ai juste souhaité anticiper l'inévitable et ne pas attendre que la chimio me décime au napalm. Alors, j'ai pris rendez-vous dans le salon le plus cher de la ville, afin que ce geste radical soit vécu comme une coquetterie, un acte engagé, un refus de capituler face à la maladie.

— Je sais que ce n'est pas évident, mais vos cheveux repousseront. Il existe des produits pour traiter les sourcils aussi. Essayez de ne pas vous inquiéter pour ça, me rassure la coiffeuse au brushing parfait.

— J'ai sélectionné quelques perruques proches de ma teinte habituelle. Je voulais avoir votre avis avant d'en choisir une.

— Bien sûr, on va regarder ça, puis vous pourrez faire votre manucure. Laurie vous attend.

Lorsque Arthur m'aperçoit en rentrant à la maison, il marque un temps d'arrêt, circonspect.

— J'avais envie de changer un peu de look, qu'est-ce que t'en penses ?

— Mais, c'est pas tes vrais cheveux ?

Comment tromper celui qui me connaît le mieux au monde, qui a tant aimé se blottir contre moi et enrouler une mèche autour de son doigt en lisant l'histoire du soir ? Il n'y a pas plus aiguisé que le regard d'un enfant sur sa mère, pas plus attentionné qu'un garçon sensible, pas plus vif que mon petit Arthur. Déstabilisée par sa remarque, je n'ai qu'une envie : arracher la coiffe qui me tient chaud et me démange. Tout lui avouer. Pourtant, je ne le fais pas, comme une enfant effrontée qui nie avoir volé la boucle d'oreille de sa mère, droit dans les yeux.

— L'avantage d'une perruque, c'est que tu peux changer de coiffure sans te couper les cheveux.

— Mais ça se voit ! me répond-il avec toute la franchise que l'on peut avoir à cet âge.

— Tu dis ça parce que c'est court. Ça met mes yeux en valeur, d'après la coiffeuse.

Je me demande combien de temps je vais pouvoir continuer à faire semblant au quotidien, enchaîner les quiproquos, feindre une certaine légèreté. On peut choisir d'affronter la maladie ou la subir. La seule chose dont je suis certaine, c'est que cette décision doit être rebattue chaque jour comme un jeu de cartes, et la seule chose qui me fait tenir, c'est le petit bout d'homme que je vois s'éloigner vers sa chambre. Peu importe si ma perruque sonne faux ou si la couleur du vernis camoufle le gris de mes ongles ternis. Je veux pouvoir continuer à endosser le rôle d'une mère certes affaiblie mais présente.

— Madame Alliot m'a téléphoné cet après-midi, elle se fait du souci pour toi.

Arthur ralentit et se retourne :

— Elle t'a appelée ? Elle a dit quoi ?

— Qu'on t'embêtait à l'école.

— C'est rien, t'inquiète pas. Il y avait beaucoup de monde et j'ai été bousculé dans la cour de récré. Mais c'était un accident.

— Arthur, si tu avais des soucis, tu m'en parlerais ?

C'est à son tour de feindre la bonne humeur et la normalité. Arthur hoche de la tête, esquisse un sourire puis tourne les talons. Quand il est endormi, je rentre à pas de louve dans sa chambre, espérant déchiffrer ce qui le tracasse. Sa petite frimousse dépasse à peine de la couette jonchée de livres et de figurines ; ses yeux s'agitent derrière ses paupières, il gémit et sursaute nerveusement. Probablement un mauvais rêve. Je le regarde en m'appuyant sur la commode à côté de son lit. Mes jambes affaiblies me portent à peine.

Depuis que je suis mon traitement, la fatigue est l'ombre frêle et obscure qui me suit partout, jusqu'aux toilettes où je subis la torture par l'eau de l'intérieur. On m'a mis un sac sur la tête sur laquelle on verse des seaux d'eau. Je suffoque, noyée par ma propre bile. J'ai à peine le temps d'inspirer que mon estomac se vide à nouveau, comme si l'air lui-même était empoisonné. Puis, entre deux relents, je me traîne jusqu'au salon en attendant la prochaine mutinerie de mes entrailles. Le canapé est pour les malades, le lit pour les mourants. Je reste prostrée. Les minutes deviennent des heures. Les jours qui suivent la chimio, je suis obligée de me faire violence pour m'extraire de ma torpeur avant qu'Arthur ne rentre de cours. Je me douche, passe devant le corps de l'inconnue dans le miroir, replace ma perruque et me pince les joues, espérant raviver le reste de sang qu'il reste dans mon visage creusé.

J'alterne fringales et dégoût. Je suis capable de me goinfrer de jambon en pleine nuit et ne pas supporter la vue de la nourriture la journée. Comme si mon odorat était devenu surdéveloppé. La fatigue siffle dans mes oreilles en permanence. Les paumes de mes mains et mes voûtes plantaires me brûlent comme si je les avais posées sur la braise. Parfois, quand c'est trop douloureux, je me dirige vers les toilettes à quatre pattes, réduite à l'état d'animal. Je n'ai fait que deux séances de chimio. Je ne sais pas comment mon corps va pouvoir en endurer davantage. Et pourtant, il va falloir trouver le courage de continuer car la maladie, elle, ne fera aucune pause.

Arthur

Monsieur Guillemin a placé mon poème dans la vitrine près de la salle des professeurs. Il n'a pas de titre et mon nom est indiqué en bas à gauche.

— Il est magnifique, ton poème.

La voix qui s'adresse à moi est celle de Hugo Delanoix, celui qui a clamé d'une traite son texte juste avant le mien avant les vacances de la Toussaint, vainquant sa timidité et sa dyslexie.

— Tu trouves ?

Je n'ai pas l'habitude qu'un autre élève me complimente. Je ne peux pas m'empêcher de penser qu'il va finalement éclater de rire et me mettre une grande baffe dans le dos pour me plaquer au plus près de la vitrine. Mais Hugo reste impassible, les mains dans les poches, les yeux rivés sur mon poème.

— Bien meilleur que le mien, ça c'est sûr ! Tu es super doué. T'as été aidé pour l'écrire ?

— Non, j'aime bien écrire. Ça vient assez naturellement. Et puis, de toute façon, j'ai personne autour de moi qui pourrait m'aider à l'écrire.

— Tu devrais faire le prochain concours de slam.

— Y'a un concours de slam ?

— Oui, regarde la feuille, là, me dit-il en pointant du doigt un autre document. C'est en décembre, ça te laisse un peu plus d'un mois.

Ronan et Étienne me regardent par-dessus leur épaule, assis au premier rang de la classe, là où Monsieur Guillemin peut les « avoir à l'œil ». Quelques élèves traînent encore, bavards, debout, extrayant nonchalamment cahiers et trousse de leur sac à dos.

— On se dépêche ! lance le professeur en tapant vivement dans ses mains. Aujourd'hui nous allons étudier un passage de *Frankenstein ou le Prométhée moderne*, de Mary Shelley. Quelqu'un peut-il me dire qui est Frankenstein ?

Des mains se lèvent, il désigne Léonie.

— Un monstre ! dit-elle tout simplement.

— C'est un bon début. Pourquoi un monstre ?

— Sa tête carrée est toute recousue, il est gigantesque, tout vert et il fait peur !

— Ce sont des idées reçues, des images que tu as vues dans un film ou un dessin animé. Mais êtes-vous sûrs que c'est Frankenstein le monstre ?

Puis, devant notre silence attendu, il ajoute : « C'est le nom du scientifique, de son créateur, pas du monstre. »

— Et Prométhée, c'est qui ? demande un autre élève.

— Prométhée était un Titan qui a défié Zeus en volant le feu sacré de l'Olympe pour le donner aux humains. Pour le punir de son acte déloyal, il est condamné à être attaché à un rocher sur le mont Caucase. Chaque jour, son foie est dévoré par l'Aigle du Caucase et, chaque nuit, il repousse.

— Mais il meurt, du coup ? rajoute Alban, un petit brun aux cheveux très courts, à ma droite.

— C'est souvent le cas quand on défie les dieux dans la mythologie, commente le professeur.

— Mais là, y'a pas de dieu dans le livre ?

— Il y a le créateur, le professeur Frankenstein contre qui le monstre se retourne ! Ce que je vais vous demander de faire, c'est de lire le texte et de relever le champ lexical de la monstruosité, c'est-à-dire le vocabulaire qui se réfère au monstre. Ensuite, vous formerez des petits groupes et vous décrirez votre monstre, physiquement et symboliquement. Il faudra qu'il défie quelqu'un, son créateur de préférence, ou quelque chose de plus puissant, en tout cas. Vous pourrez aussi le dessiner, une fois le texte terminé. À la maison éventuellement. Pas question de passer des heures dessus, on n'est pas en arts plastiques.

— Combien de lignes ?

— Environ vingt. Un paragraphe chacun qu'il faudra harmoniser ensuite pour que le tout ait un sens. Formez vos groupes sans faire trop de bazar. Allez, c'est parti !

Léonie s'approche naturellement de moi, puis Hugo.

— Je me mets avec le meilleur ! sourit Hugo. C'est toi mon maître !

— Ce qui veut dire que tu es mon monstre, alors ?!

Cette connivence ressentie avec Léonie sur les marches quelques jours auparavant semble s'élargir. L'instant d'un texte, d'une histoire, d'un partage. Je ne distingue plus que mon environnement immédiat. Il n'y a personne d'autre, à part Léonie, Hugo et moi, connectés : nous partageons le même monstre, cette peur qui vit au plus profond de nous, invisible et protéiforme. Léonie avec ses double-foyers qui m'attendrissent mais la limitent, Hugo et son appréhension des mots et des autres. Et puis moi, souffreteux et incompris ; tous les trois mal emboîtés dans le monde autour de nous.

Il est parfois flou, parfois net, il déforme et amplifie. Les contours et les lignes. Les impressions et les mots. Je vis dans le noir, je tâtonne, il se languit, il résonne. En silence, puis avec force. Prisonnier de mes peurs et de mes doutes. J'effleure le réel, il flirte avec le vide. L'immensité m'effraie, alors il se terre, je me tais. Sous cette menace, je me replie sur moi-même, sur son ennui.

Rarement je débite, souvent je trébuche. Ma langue me trompe et se dévisse. Il trahit mes pensées, déforme mes paroles. Je réfléchis au ralenti, je manque de cohérence. Alors j'écoute et je patiente, il apprend et persévère. Jusqu'au prochain tournant, la gamelle suivante, les pieds dans le tapis, la langue dans ma poche. Il pénalise, il handicape. J'appréhende, je capitule.

Il réduit le champ des possibles et compresse l'air. Il appuie sur la poitrine, restreint l'oxygène. Je pousse tordu, noué. Et si ça continue, bientôt cassé. Je vis à côté. De la plaque et des autres. Il est une ombre qui envahit, qui tenaille. Il ronge les rêves et les entrailles jusqu'à la moelle, jusqu'à l'oubli. Il attire les soucis et les coups aussi. Il m'agresse, me pétrifie. Il me blesse, m'anéantit.

Il est l'angoisse qui envahit mes mots, mon souffle et ma vision. Il se confond avec l'hôte qu'il habite, moi qui me perds quand il se dédouble. Il vit tapi, il progresse quand on m'évite, quand on me blesse. Il gagne du terrain et la partie, à moins qu'on le fasse taire et qu'on m'apaise. Pour un instant ou pour toujours. Il n'a de raison d'être que si on le nourrit. Il n'existe que si on l'écoute. Il n'expie que si on le nomme, on l'affronte ou l'engloutit.

Monsieur Guillemin se balade parmi les îlots de bureaux composés d'élèves affairés autour de leur monstre dans un brouhaha contrôlé. Parfois, il s'arrête pour en guider quelques-uns, répondre à leurs questions, les aiguiller, ou tout simplement pour relire et apprécier l'imagination créative de ses élèves. Nous lui tendons notre feuille afin qu'il découvre notre texte et nous donne son avis. Il le parcourt des yeux rapidement et retourne à son bureau. C'est la fin de l'heure. Il invite les autres camarades à rendre leur production afin qu'il puisse faire une première correction et qu'on ne l'oublie pas pour la continuer au cours suivant.

— Arthur ! Tu peux rester deux minutes, s'il te plaît ?

Je range rapidement mes affaires puis le rejoins tandis que le flot d'élèves se précipite joyeusement vers la sortie.

— Tu sais pourquoi je t'ai demandé de rester ?

Monsieur Guillemin amorce souvent les discussions avec une question, laissant l'impression à son interlocuteur d'avoir raté quelque chose, ou pour l'inciter à prendre la conversation en main, à sa place.

— Non, monsieur.

— Je t'ai demandé de venir, parce que je sais que c'est toi qui as rédigé ça, dit-il en relevant la feuille.

— Nous l'avons imaginé à trois. Léonie, Hugo et moi. Un paragraphe chacun et le dernier ensemble.

— Mais je reconnais ta plume. Alors, au risque de te décevoir, ce n'est pas tout à fait ce que j'attendais. Nous lisons l'extrait d'un roman, j'aurais aimé que le style soit plus... lié... moins poétique. Nous ne faisons plus de poésie.

Je baisse la tête de déception. Monsieur Guillemin croise ses doigts puis mon regard.

— Cependant, rajoute-il en marquant une petite pause, je dois avouer que, pour un élève de douze ans, tu as un talent qui excède toute attente. Décrire un monstre intérieur est une excellente idée. Tu as parfaitement illustré la dualité intérieure en alternant les pronoms et respectant le champ lexical. Je dois dire que tu sais tenir le lecteur en haleine avec rythme et panache. Il y a un concours de slam qui est normalement organisé pour les troisièmes, mais j'aimerais que tu y participes. Tu as largement le niveau et c'est un style qui peut te correspondre. Je voudrais t'y inscrire, qu'en penses-tu ?

— Je ne sais pas, dis-je en balbutiant. Oui… enfin, non. Je ne sais pas… si j'en suis capable. Et puis… comment ça se passe ? On est devant un jury ?

— Comme je te l'ai dit, tu as le niveau et la capacité de faire quelque chose d'extraordinaire. Ça, il faut que tu l'intègres. Le concours s'appelle *Slam-à-l'école*, il fait partie du parcours d'éducation artistique et culturel mais aussi du parcours citoyen. C'est un seul-en-scène qui se déroule devant un jury composé de professeurs, d'élèves et, je l'espère, de membres de la fondation Toi Émoi de l'artiste Saul Enscène. Ceux qui le souhaitent peuvent assister à la performance. Ce n'est pas un événement fermé.

— Il faut que je réfléchisse…

J'imagine Ronan et Étienne qui huent et ricanent à gorge déployée. Je ne vois qu'eux dans le public. Mes battements de cœur accélèrent, je trépigne, mes mains se tordent. J'ai une panne d'inspiration, une panne de micro. Je doute de moi, de mes mots. Je manque de courage et pourtant je me sens porté par l'élan du professeur, par sa confiance, par son regard franc et bienveillant.

— Comment ça marche ? Je peux dire ce que je veux ? Il y a une thématique ?

— Le sujet est libre, c'est un mélange de poésie et de performance, c'est rythmé, ça sonne fort. Ça doit vibrer en toi et résonner chez les autres. Mais tu le fais déjà très naturellement, tu ne dois pas t'inquiéter. Sinon, je ne te le proposerais pas. On en reparle la prochaine fois, quand tu auras une idée de thème.

Je lui réponds à peine, abasourdi par l'ampleur de la proposition. Monsieur Guillemin referme son grand cahier et me sourit. Son silence me fait comprendre qu'il est l'heure de rejoindre les autres dans la cour avant que la cloche ne retentisse.

— Une dernière chose, Arthur, rajoute-t-il avant que je ne franchisse le pas de la porte. Ce monstre qui te dévore, ne le laisse pas faire. Utilise-le de manière créative, maîtrise-le. Sache que tu n'es pas tout seul, et que tu peux le faire. Tu sais où me trouver si tu as des questions.

En sortant du collège ce jour-là, je ressens un léger flottement dans mes pas, soutenu par le projet à venir et l'impression nouvelle d'être un peu moins seul avec mon monstre. Une allégresse qui me ferait presque oublier les deux teigneux assis sur le banc à la sortie. Porté par une confiance timide, je passe devant eux normalement, sans accélérer ni balbutier. Fataliste. Je sais pertinemment que ces deux-là n'ont pas besoin de provocation ni de raison particulière pour déverrouiller leur rage. Elle est constante. Prévisible et toujours en veille. C'est au moment où je tourne dans la rue perpendiculaire au collège qu'ils choisissent de bondir. Comme si c'était un jeu pour eux, un pari, un but dans leur vie misérable. Je les entends qui se rapprochent. Je ralentis légèrement mais ne me retourne pas. J'écoute. Je suis alerte. Étrangement calme. Au moment où je sens la vague déferler pour se briser sur ma nuque, je me baisse subitement, en boule, les bras couvrant ma tête. Puis rien. Pas de coup, pas de trébuchement, pas d'effet de surprise. Juste des pas précipités qui s'éloignent et ce bruit si reconnaissable de pot catalytique. Je me déplie lentement, me retourne. Mes assaillants ont disparu. Abasourdi, je reprends mon chemin en trottinant et en m'assurant une fois ou deux qu'ils ont bien déguerpi. J'ai envie de croire que ce n'est pas l'intervention d'Antoine qui m'a sauvé mais mon assurance naissante. J'ai envie de penser qu'ils se sont lassés de leur violence et que cette trêve ne sera pas passagère.

Antoine

Je suis garé à l'angle du collège, près de la boulangerie. Un pied à terre, l'autre sur le kick. La cigarette me brûle les phalanges ; je l'éjecte d'un claquement de doigts. Je saisis le casque bleu métallique enfilé sur la poignée de vitesse et l'attache fermement. Les portes cochères s'ouvrent et vomissent les collégiens excités par la fin de journée. Au bout de quelques secondes, j'aperçois le grand dadais aux taches de rousseur et le petit teigneux qui se dirigent tranquillement vers le banc, leur sac maigre jeté sur une épaule. Arthur finit par sortir à son tour, accompagné d'une fille aux cheveux longs portant des lunettes et d'un garçon blond athlétique, bien plus grand que lui. Ils discutent un instant puis partent dans des directions opposées. Arthur porte un jeans trop court et une doudoune volumineuse qui remonte dans son dos, prise dans les lanières de son sac. Il ressemble à une tortue avec son petit cou maigre et sa grosse carapace qui le fait presque se plier en deux. Sa fragilité me touche. Le cuir de mes gants crisse en agrippant fermement aux poignées. Les deux lascars tournent la tête dans sa direction, puis le plus grand des deux, le rouquin que j'ai malmené au bowling, donne un coup de coude à l'autre. Ils bondissent du banc et se mettent à marcher d'un pas pressé derrière Arthur.

Je place mon masque jaune sur les yeux, appuie sèchement sur le starter et donne un coup d'accélérateur. Ma bécane rugit. Dans la petite rue en face, ces débiles se sont maintenant mis à courir. Au même moment, un énorme bruit d'explosion sort de mon pot, accompagné de quelques coups d'accélérateur supplémentaires. Le grand nigaud se fige comme s'il avait reçu une balle. Il se retourne et m'aperçoit. Tout lui revient d'un coup : le rodéo, la frousse, le tourbillon, les phares, le bruit. Il ralentit et tire sur la manche de son copain. Ils hésitent une seconde, regardent autour d'eux puis filent à vive allure vers le trottoir d'en face, escaladent le muret et disparaissent dans le jardin d'un voisin. Comme des rats surpris par le passant, qui se précipitent sous les poubelles. Arthur est recroquevillé sur le trottoir, dos à moi. Je fais un virage en dérapage, pied à terre, puis redresse ma moto et m'éloigne plein gaz, aussi vite que je suis arrivé pour qu'il ne me voie pas. Je fais le tour de la maison en espérant les surprendre de l'autre côté. J'ai la rage, je la sens bouillonner dans mes veines. Je marmonne quelques insultes dans mon casque. J'ai des envies de meurtre, de les écrabouiller comme des vers de terre. Et que ce soit bien juteux.

Je jette des coups d'œil dans tous les sens mais ne les retrouve pas. Je continue un peu plus loin, au ralenti cette fois, afin de me faire plus discret. Je me sens comme une panthère tapie dans les hautes herbes, attendant son heure. Soudainement, je les aperçois sur ma gauche, en train de sauter d'un mur bien plus haut que le précédent. Dans sa chute, la cheville du petit cède ; il s'affale de tout son long sur le bitume. Son compère hésite, trépigne puis fait demi-tour pour l'aider à se relever. Je tourne la poignée de ma moto pour faire grogner le moteur. Je suis à l'arrêt, à une vingtaine de mètres, casque vissé sur ma tête baissée, comme le taureau qui gratte le sol avec sa patte et fulmine face au toréador. Le rouquin crie au petit de se dépêcher et de se tenir à lui. Il enroule tant bien que mal le bras autour de lui et avance d'un pas rapide tandis que ce dernier, le visage ensanglanté, peine à suivre à cloche-pied.

Je décide de les laisser filer. *Quelle bande de nazes, je n'ai même pas eu besoin de les toucher.* Arthur a sûrement eu le temps de rentrer chez lui. Indemne et inconscient de la scène qui vient de se dérouler dans les coulisses. Ça fait quelques jours que je suis posté à la sortie du collège pour m'assurer qu'il ne soit pas malmené. Quel kiff de leur avoir flanqué la trouille de leur vie !

Une fois rentré à la maison, je passe par le garage, enlève mes bottes et fourre mes gants dans le casque. Ma mère est dans le salon, entourée de copies d'élèves et de partitions étalées sur la table basse.

— T'as déjà fini les cours ? me demande-t-elle.

— Ben non, j'ai fini, normalement, pourquoi ?

Je fais l'innocent, sachant pertinemment que j'ai pris tout mon temps pour rentrer et ne pas attirer les soupçons.

— Ce n'est pas ce que le texto du lycée semble indiquer, pourtant !

— Quel texto ?

— Le même texto que je reçois depuis trois jours, disant que tu as été absent. Tu peux me dire ce qu'il se passe ? Et ne me prends pas pour une idiote !

— Ils se trompent, j'étais là !

— Habillé en motard ?

Pris au dépourvu, je ne trouve pas les mots. Je me tiens là, les bras ballants, les yeux rivés sur mon pantalon d'enduro. Trop consciencieux pour la moto, pas assez pour mes études et le mensonge.

— Antoine, tu ne peux pas continuer comme ça. Tu as le bac à la fin de l'année et tu vas le rater. Je t'aurais prévenu, la moto c'est fini. Elle reste au garage et tu te mets au travail !

— Non, tu peux pas me faire ça !

— Oh si, je peux !

— Combien de temps ?

— Le temps qu'il faudra, le temps que tu comprennes que les études c'est important et qu'il n'y a pas que les copains et la moto dans la vie !

— Y'a que ça justement !

Je monte dans ma chambre à toute allure et claque la porte de toutes mes forces, faisant vibrer les cloisons et mes cordes vocales à l'unisson.

Louise

Dans le train de la vie, il y a ces passagers qui font un bout de chemin avec nous parce qu'ils ont pris le siège d'à côté plus ou moins à l'avance ; les parents, les amis, les enfants. Et puis, il y a les autres, ceux qui ont réservé leur place de manière aléatoire, que l'on ne remarque pas et qui, pourtant, font le voyage dans le même wagon. Marc fait partie de ces usagers discrets, assis au fond de la classe au lycée, puis au bureau voisin, à l'agence rue de Verdun, partageant d'abord les mêmes professeurs puis les mêmes clients.

En choisissant de m'accompagner dans cette aventure à la destination incertaine, Marc a accepté sciemment de sauter dans le wagon d'attente de l'hôpital. Il n'est plus un inconnu aux mille visages. Il est bien réel, présent, solide. Ses mains sont posées sur son pantalon en flanelle bleu foncé, ancrées comme des racines d'arbre sur le sol. Sa barbe rousse de trois jours offre quelques reflets blonds dans la lumière du jour qui caresse son visage à travers les carreaux. Ses lèvres rose clair, son nez large et ses yeux bleus perçants forment un tout harmonieux, à la fois doux et viril. Ses cheveux cendrés invitent ma main à plonger dedans. Surpris par cette marque d'affection, il se contente de me sourire en inclinant légèrement la tête, trahissant une émotion tapie au fond de lui depuis longtemps. Je pose ma joue sur son épaule et glisse à présent mes doigts sous les siens. À l'abri. Protégés.

Lorsque je reviens de mon traitement, Marc est encore là, imperturbable mais inquiet. Je le sens dans son regard qui cherche le mien. Je me jette dans ses bras en réponse à son émoi, comme on s'accroche à un rocher pour éviter d'être emporté par le courant et la marée. Il m'enlace et me serre un long instant. Puis il interrompt l'étreinte d'un baiser sur le front et m'invite à rentrer à présent.

Une fois dans sa voiture, je continue à l'observer minutieusement, rassurée qu'il ne puisse pas faire de même.

— Pourquoi tu me regardes comme ça ? demande-t-il.

— Parce que je vois tout ce que tu fais pour moi. Merci...

Je sens qu'une nouvelle émotion est en train de naître chez moi. Pas la nausée, la peur ou l'inquiétude, pour une fois. Non, il s'agit d'une sensation plus viscérale, plus troublante : un mélange de reconnaissance et de désir. Je me sens bercée par son calme et la chaleur qui se diffuse doucement en sa présence.

— J'aimerais que tu restes chez moi cette nuit. Si tu en as envie, bien sûr.

Marc acquiesce timidement d'un petit mouvement de tête et me sourit.

— Je ne te promets pas le septième ciel, parce que, crois-moi, je suis plutôt au niveau du plancher des vaches en ce moment, mais je voudrais dormir dans tes bras, près de toi.

— Le ciel peut attendre.

Allongée contre lui, je découvre les contours de ce nouveau moi, méconnaissable et, pourtant, qui vibre là où ses doigts s'aventurent délicatement. Son souffle se perd dans le mien, je le respire. Je me demande s'il peut goûter les produits chimiques sur mes lèvres et sentir leurs effluves radioactifs sur ma peau. Mon tee-shirt relevé forme une frontière floue entre nos deux torses ; le sien, encore étranger, et le mien, récemment mutilé. Je ferme les yeux, ses bras enroulés autour de moi, blottie contre sa poitrine, sa barbe enfouie dans le foulard que je n'ai pas retiré, imbriqués l'un contre l'autre. Nous sommes loin du désir brûlant, presque indécent, consommé dans les archives ; loin de la fureur de jouir à tout prix, au moment où la vie m'échappe. Nous sommes si proches dans notre accord sans corps à corps, si tendres dans notre étreinte, si purs dans nos caresses.

Je n'ai pas envie qu'il parte, sa présence m'apaise, ma douleur s'absente. J'ai peur du moment où il me privera de ses bras et du vide qui le remplacera. Je verrouille alors sa main dans la mienne pour qu'il m'accompagne dans mon sommeil, pour repousser au lendemain la prochaine nausée, la prochaine échéance. Il entend mes sanglots sourds et devine ma crainte. Son baiser m'assure que tout ira bien et que chaque jour est une avancée vers le mieux, à défaut du meilleur.

Marc

Est-ce que, si une histoire commence par le pire, le meilleur reste à venir ? Une femme tombe-t-elle amoureuse d'un homme dans un moment de fragilité et en désamour lorsqu'elle retrouve ses forces ? Je m'interdis de disserter sur le sujet, de tergiverser sur le potentiel d'une histoire qui balbutie. En tous les cas, pas ce matin, pas debout, là, une tasse de café dans chaque main, près du lit dans lequel Louise est roulée en boule. Son foulard est tombé dans la nuit, un crâne lisse a supplanté sa chevelure dorée, son visage a perdu toutes ses teintes, la malade a remplacé la femme. Ce changement s'impose brutalement. Le constat est violent. J'expire lentement et décide de ne pas la réveiller. Pour ne pas imprimer cette image. Pour qu'elle ne soit pas consciente de mon regard. Pour ne pas prendre peur à mon tour.

Louise apparaît une heure plus tard dans la cuisine, en culotte et tee-shirt, son foulard réajusté.

— Je ne suis pas au paroxysme de mon sex-appeal, dit-elle en souriant.

— J'ai fait des scones. Il n'y avait plus d'œufs, alors j'ai fait avec ce que j'ai trouvé. Je ne sais pas si tu as faim.

— Je suis affamée. Je reviens dans quelques minutes.

Pendant qu'elle se retire dans la salle de bains pour se doucher et colmater les traces laissées par le traitement, je débats avec moi-même sur ce sentiment mitigé qui m'envahit. La Louise que je connais est devenue une chose fragile que j'appréhende d'accueillir dans ma vie, une responsabilité lourde et soudaine qui m'effraie et m'attire à la fois. Chaque sourire doit donner l'espoir, chaque caresse se doit d'être adroite et avertie, chaque parole doit porter un peu plus haut, un peu plus loin. Mon parcours d'éternel célibataire est parsemé d'efforts éphémères et de rendez-vous sans lendemain. Face à Louise, je sèche complètement. Je me sens impuissant et sans imagination.

Mes histoires d'amour n'ont jamais duré ; ma vie sentimentale est la somme de moments forts, parsemés çà et là au fil des années mais qui, une fois terminés, m'ont laissé hagard et vide. Il y a toujours ce moment fatidique où je ne ressens plus rien, où la magie que je m'efforce d'injecter dans le couple se dissipe. Je suis le premier à être déçu, à m'excuser et à m'éloigner. Il m'est arrivé, en partant pour un week-end, de monter dans la voiture et de prendre conscience que mes sentiments s'étaient volatilisés. Comme si je les avais mis dans le coffre avec les bagages.

Je me suis marié très tôt, à dix-neuf ans, au grand dam de mes parents qui savaient que je faisais une erreur. Mon mariage n'a duré qu'un an et m'a prouvé une chose, hormis le fait que mes parents avaient raison : je fais les choses à l'envers. Je me marie à l'âge où il est bon de vivre follement, et virevolte tout le temps où il aurait été bon de bâtir projets et famille. C'est sûrement cette même logique qui me pousse à accompagner Louise à l'hôpital plutôt qu'à l'autel, à lui faire l'amour dans un placard plutôt que dans son lit et à lui faire des scones alors que je suis infichu de cuire un œuf.

Je ne sais pas si mon mariage éclair m'a fait perdre la foi en l'amour. Toujours est-il que toutes les histoires qui ont suivi sont arrivées avec une date de péremption à six mois. À quelques semaines près. Alors, j'ai arrêté de compter mais je ne compte pas arrêter. De croire que même les irréductibles de l'amour ont leur chance, qu'un jour chaque attention s'additionnera sur une liste à la Prévert enfin maîtrisée.

Appuyée contre le plan de travail, à goûter un scone badigeonné de confiture, je vois bien que Louise s'efforce de sourire pour être la plus normale possible à mes yeux. Elle porte un chemisier vert clair, une jupe crayon taille haute et des bottes marron. Un foulard aux couleurs pastel placé sur sa perruque courte lui donne un look années 70 qui lui va bien.

— Tu as envie de sortir un peu aujourd'hui ?

— Pour l'instant, je me sens plutôt bien, j'irais bien en ville chercher quelques cadeaux de Noël. Je voudrais profiter qu'Arthur soit chez son père pour lui acheter deux-trois bouquins et la doudoune qu'il a repérée. Tu seras où pour Noël, toi ?

— Ici. *A priori* chez mes parents. Et toi ?

— D'habitude je vais aussi chez mes parents mais je ne suis pas sûre d'avoir la force de prendre le train et, surtout, je ne sais pas si j'ai envie qu'ils me voient comme ça.

— Tu ne leur as pas parlé ?

— Si, mais j'ai beaucoup minimisé. Je ne supporterai pas de voir leur regard angoissé et qu'ils fassent une gaffe devant Arthur.

— Arthur n'est toujours pas au courant ?

— Je ne lui en ai pas parlé, mais il doit bien voir que je suis fatiguée. Il pense que je suis un traitement pour autre chose et que je travaille à la maison. Tant qu'il ne me pose pas de question, je ne dis rien. Je ne veux pas lui imposer ça. Il n'a que douze ans.

Les rues piétonnes sont égayées par les illuminations de Noël, l'Esplanade Charles-de-Gaulle grouille de monde autour de ses chalets éphémères. Louise a les yeux qui brillent comme une enfant. Elle dévore une gaufre, pose ses lèvres sur le gobelet de chocolat chaud autour duquel elle a enroulé ses mains rougies par le froid. Elle s'attarde devant quelques vitrines pour admirer des tenues qui lui iraient si bien en temps normal mais qu'elle n'a pas le courage d'essayer. Elle ressort de la librairie les bras chargés de livres et m'entraîne dans quelques boutiques où elle regarde tout mais n'achète rien. Au bout d'un moment, le brouhaha ambiant si gai commence à bourdonner autour de nous. Épuisée, Louise ralentit soudainement, comme les lapins de la publicité pour les piles Duracell qui s'arrêtent de tambouriner et finissent figés, un bras en l'air et l'autre en bas. Je saisis ses sacs de courses et lui propose d'aller s'asseoir un peu.

— Tu peux me ramener ? Je ne me sens pas très bien.

— Bien sûr. On n'est pas loin du parking. C'est par là, viens.

Chancelante, Louise s'accroche à mon bras. Le « pas loin » devient vite inatteignable. Autour de nous, les passants, agglutinés en grappes denses, modulent comme un accordéon. Les rires s'accordent et se désaccordent, les paquets encombrent et bousculent. Affaiblie, Louise s'arrête, je la rattrape de justesse.

Arthur

Place de la Comédie, le sapin géant trône, brillant de mille feux, la tête dans le ciel et les pieds barricadés. Mon père m'explique que c'est pour que les petits malins n'y grimpent pas, n'y gravent pas leurs initiales ou ne le fassent pas tomber. Il faut pouvoir faire rêver les gens, tout en les prémunissant contre leur bêtise. Exercice difficile. J'imagine que l'arbre de douze mètres préférerait sûrement accueillir la neige sur ses branches, être entouré de ses congénères, dans une forêt lointaine et calme, plutôt qu'érigé comme une bête de foire, affublé de boules multicolores et de loupiotes clignotantes.

Antoine me tire de mes pensées par la manche. Élodie et mon père ont continué leur chemin ; il faut les rattraper avant de les perdre dans la nuée de lutins de Noël qui s'agglutinent autour des boutiques exceptionnellement ouvertes ce premier dimanche de décembre.

— Pourvu qu'elle ne veuille pas aller vers les chalets, implore Antoine.

— J'aime bien, moi, c'est le seul endroit où je peux espérer trouver un petit cadeau pour ma mère sans totalement vider ma tirelire.

— C'est un attrape-touristes, ce truc.

Manifestement, Antoine n'est pas d'humeur et traîne des pieds au milieu de la frénésie ambiante, les mains enfoncées dans les poches et le bonnet vissé sur la tête. Depuis qu'Élodie l'a privé de moto, il broie du noir et ne travaille pas davantage. Sortir au milieu de tous ces inconnus nous permet d'oublier leur bras de fer, le temps d'une crêpe et d'un chocolat chaud. Je ne lui ai pas parlé de ma dernière altercation avec Ronan et Étienne, car je ne me défais pas de l'idée qu'il est au courant, qu'il était présent et que quelque part, s'il est puni, c'est de ma faute. Et tout ça sûrement pour rien, car je sais pertinemment que, lundi, le cycle infernal recommencera, comme dans le film *Un jour sans fin*, dans lequel le journaliste se réveille tous les matins, coincé dans la même journée qui se répète. Sauf que ma réalité ressemble davantage à celle de Prométhée qu'à celle de Bill Murray.

Élodie nous propose de la rejoindre dans un petit restaurant italien qu'elle affectionne, dans une bonne heure, histoire d'acheter les cadeaux qui lui manquent sans avoir à traîner trois types désœuvrés dans son sillage. Alors que mon père est au téléphone pour effectuer la réservation, j'aperçois quelqu'un qui ressemble à ma mère, accrochée au bras d'un homme à la barbe rousse. Je ne suis pas sûr que ce soit elle, car, depuis qu'elle met sa perruque courte, j'ai du mal à la reconnaître. J'aimerais me rapprocher pour vérifier, pour la surprendre, mais j'ai peur de perdre Antoine et Papa dans la foule. Elle s'est arrêtée, à présent. Je cherche Antoine des yeux pour qu'il m'accompagne mais son regard est dirigé vers la vitrine du magasin à sa droite, écouteurs dans les oreilles. Au moment où je tourne la tête à nouveau vers elle, l'homme tient ma mère dans ses bras ; il la porte de tout son long, ses jambes dans le vide, d'un côté, et les bras enroulés autour de son cou, de l'autre. Comme si elle s'était tordu la cheville ou avait fait un malaise.

Sans réfléchir, mes jambes se mettent en action et je me mets à courir vers elle. J'ai envie de l'appeler de toutes mes forces mais rien ne sort de ma gorge, trop éloigné et surpris par la scène. J'essaie de ne pas la perdre de vue, je zigzague entre les badauds qui déambulent en désordre, au ralenti, sans destination fixe, comme des bateaux à la dérive qui pourraient me percuter à tout moment. Plus j'avance et plus je dévie de mon point de mire. Je suis pris dans un labyrinthe vivant dont les facettes changent de position sans cesse, m'entraînant loin de ma mère, mais aussi de mon père et d'Antoine. Me voilà à présent complètement écrasé contre une vitrine de magasin. Je prends mon téléphone, appelle mon père plusieurs fois mais tombe sur sa messagerie. Antoine, lui, répond.

— T'es où, Arthur ? Je ne te vois pas. T'as disparu !

— Je suis au niveau de la boutique Orange, mais je ne sais pas où c'est par rapport à vous.

— Qu'est-ce que tu fabriques là-bas ?

— J'ai cru voir ma mère, j'ai essayé de la rejoindre mais j'ai été pris dans le mouvement de foule.

— OK, ne bouge pas, j'arrive.

Une fois de plus, Antoine vient à ma rescousse, lui qui prend le rôle de grand frère au sérieux depuis qu'il a découvert mes bleus. Avant cela, je n'étais que le fils de Thierry avec qui il devait partager quelques repas un week-end sur deux. Beaucoup trop jeune et inintéressant pour m'impliquer dans ses sorties et activités. Bien trop happé par ses sessions moto et ses soirées entre potes.

Depuis les vacances de la Toussaint, *Thomas* n'a pas réapparu. Je crois que je n'ai pas ressenti le besoin de lui parler. Jusqu'à ce dimanche soir après avoir passé le week-end chez mon père. En temps normal, quand je rentre chez moi, ma mère a souvent tendance à m'attendre sur le pas de la porte, comme si elle ne m'avait pas vu depuis plusieurs semaines, m'étouffant de bisous et de questions, alors que je n'ai qu'une envie : celle de poser mes affaires dans ma chambre et retrouver mes repères. Ce soir-là, ce ne sont pas les effusions de tendresse qui m'accueillent mais une porte d'entrée fermée.

Mon père, assis au volant de sa voiture, hésite un instant à repartir et baisse la vitre, le front plissé. J'introduis ma clef dans la serrure qui n'est pas verrouillée et lui fais un signe du pouce pour lui signaler que tout va bien.

Ma mère n'est pas dans le salon, ni la cuisine, et pourtant tout est allumé. Je me dirige alors vers sa chambre ; elle est couchée, rideaux entrouverts, une veilleuse allumée. Je ne m'attends pas à voir l'homme à la barbe rousse aperçu plus tôt en ville, assis dans le fauteuil près de son lit. Il se lève en m'apercevant.

— Bonjour, Arthur, je suis Marc, un collègue de ta mère, je t'attendais, précise-t-il d'une voix calme.

Une fois que nous sommes sortis de la chambre, il m'explique alors que Louise a fait un malaise en ville un peu plus tôt pendant ses achats de Noël.

— À cause de la foule ?

— Elle est très fatiguée et, en effet, le monde n'a pas dû aider. Tu as faim ?

Je hoche timidement la tête, perturbé par la vision de Maman alitée et de cet inconnu, installé dans sa chambre et qui s'affaire à présent dans la cuisine.

— Des pâtes, ça te va ? Je ne suis pas un super cuisinier mais les pâtes, c'est dans mes cordes.

— Oui, merci.

J'aimerais lui poser des milliers de questions et, surtout, savoir ce qu'il fabrique en ville avec ma mère un dimanche, mais je n'ose pas et me contente de dévorer mon plat en silence. Je suis à la fois rassuré qu'il ne s'asseye pas avec moi et gêné qu'il me regarde manger. Marc doit avoir un sixième sens car, après avoir fait la vaisselle et s'être assuré que je ne manque de rien, il enfile son manteau et quitte la maison. S'ensuit le sentiment étrange d'être seul malgré la présence de ma mère non loin de là. Je laisse les lumières allumées de peur que le noir ne m'engloutisse puis je me dirige vers sa chambre. J'entrouvre lentement la porte et l'appelle en chuchotant. Elle ne bouge pas. Après un moment d'hésitation, je décide de me glisser dans le lit auprès d'elle. Je n'ai pas l'habitude de m'endormir après elle ni du silence inquiétant qui plane dans la maison. *Thomas, où es-tu ? J'ai peur !* Je me glisse vers elle avec précaution pour m'assurer qu'elle respire encore. Mes yeux se sont habitués à l'obscurité de la chambre à présent et je commence enfin à discerner le contour de son épaule et la ligne de sa nuque. Mais, ne voyant pas ses cheveux, je tends la main délicatement vers le dessus de sa tête et la retire avec effroi. Son crâne est lisse comme un œuf. Sa chevelure a disparu. Un petit bruit s'échappe de ma bouche ; une inspiration brève due à la surprise. Puis je me redresse brutalement dans le lit, ce qui la réveille.

— C'est toi, mon ange ? me dit-elle d'une voix faible, sa main se posant sur ma cuisse.

— Tes... tes cheveux ?

— Oh, mon pauvre chaton, soupire-t-elle en se retournant sur le dos.

— Je peux allumer la lumière ? J'ai peur !

Elle allume la veilleuse sur la table de nuit et se redresse. Je découvre alors ma maman toute chauve, les yeux cernés et le teint blême. Ma gorge se noue et m'empêche de parler. Instinctivement, je pose une main sur la bouche, pensant étouffer mon émotion, mais je me mets à pleurer à gros sanglots. Maman me tend les bras et me serre tendrement contre elle.

— Je suis malade, mais ça va s'arranger. Le traitement me fait perdre les cheveux, c'est tout.

— C'est un cancer ?

Elle hésite un instant puis me répond qu'il ne faut pas que je me fasse du souci. Mais c'est justement le fait qu'elle ne réponde pas à ma question qui m'inquiète.

— Je ne veux pas que tu meures, lui dis-je en pleurant de plus belle.

— Je ne vais pas mourir. Tu ne vas pas te débarrasser de moi si facilement ! Et on n'a toujours pas fait notre rando dans les Pyrénées tous les deux. Laisse-moi un peu de temps pour me requinquer et on planifiera notre itinéraire ensemble.

Je comprends mieux ses étourderies, ses retards, ses foulards, sa perruque – tous ces petits changements soudains qui n'étaient finalement pas des fautes d'inattention ou de goût. Épuisé par l'émotion, je finis par m'endormir, blotti contre elle. Le monde peut bien s'écrouler, à présent.

Léonie

Il a neigé, cette nuit ; le collège est recouvert d'un fin manteau blanc. La cour et les trottoirs ont été salés pour qu'on ne dérape pas. Quelques flocons virevoltent encore dans le ciel, atténuant le bruit ambiant. Les nuages lourds semblent avaler le toit des immeubles, réduisant l'espace au-dessus de nos têtes. Je repère Hugo au loin qui dépasse tout le monde et me fraie un chemin pour le rejoindre. Arthur est avec lui. Mon cœur sourit ; j'oublie qu'on est lundi, qu'il reste encore trois semaines avant les vacances et qu'on a un contrôle de maths dans deux heures. J'y ai passé mon week-end, j'ai toujours rien compris. Alors j'ai prié pour que les rues soient impraticables à cause des intempéries, pour que le professeur de maths glisse sur la chaussée glacée, pour que la chaudière du collège lâche. Mais, en arrivant en cours ce matin, j'ai vu que la neige était trop fine pour tenir, que Monsieur Galaud était en pleine forme, enjambant les marches, copies sous le bras fraîchement photocopiées et que les grappes d'élèves collés aux radiateurs confirmaient le bon fonctionnement du chauffage central. J'imagine que Dieu avait sûrement mieux à faire ce matin.

Dix minutes après le début du premier cours, on frappe timidement à la porte. Étienne et Ronan apparaissent dans l'embrasure sans perte et fracas contrairement à leur habitude, Étienne d'abord puis Ronan, courbé sur ses béquilles. Il semblerait que ma prière se soit trompée de destinataire. Je n'avais même pas remarqué qu'ils étaient absents. Mais il fallait qu'ils trouvent quand même un moyen d'attirer l'attention sur eux. Toutes les têtes se tournent sur leur passage, partagées entre la surprise et la satisfaction. Ronan avance péniblement, le visage égratigné.

« Il ne s'est pas loupé », chuchote Hugo.

Je me méfie des apparences et de la rage que la situation pourrait faire naître en lui. Ronan est en colère permanente et ses yeux sont aussi noirs que l'enfer. Aujourd'hui, la seule différence vient des béquilles, qu'il serait capable d'utiliser comme une arme. Il a toujours ce même air renfrogné qui n'annonce rien de bon. Arthur les regarde passer devant lui, impassible. Sûrement incapable de se réjouir de la situation. Je n'ai jamais rencontré quelqu'un d'aussi pur que lui, incapable de leur en vouloir alors que pendant des semaines ils l'ont harcelé, ont balancé sacs et baffes à tour de bras. J'en tremble encore mais Arthur, lui, ne semble pas ressentir de colère envers eux, ni vouloir modifier son chemin de retour chez lui.

Chaque lundi, j'espère au fond de moi que les parents de ces deux brutes seront mutés très loin ou qu'ils oublieront de se réveiller, seront happés par le néant pour que le reste du monde puisse continuer à vivre paisiblement. Chaque semaine, j'ai l'espoir qu'ils disparaissent, que leurs visages s'effacent et que leurs voix se taisent. Mais, chaque jour, ils hantent les salles de classe et les couloirs de plus belle. Il devrait exister une loi qui décharge les cancres de leurs obligations scolaires, qui leur propose un diplôme autre qu'une Maîtrise en Zizanie, qui transforme leur énergie néfaste en énergie verte renouvelable.

Je ne veux pas qu'ils abîment Arthur comme ils l'ont fait l'année passée avec mon frère, qu'ils le torturent, le brutalisent en toute impunité, et que leur hargne se décuple à chaque redoublement. Avant les vacances de la Toussaint, je suis allée voir Madame Alliot pour l'avertir de leurs agissements. Elle m'a écoutée parce que c'est elle qui a accompagné ma famille l'année dernière dans cet enfer. Le conseil de discipline n'a débouché que sur une mise en garde. Ma mère en a perdu le sommeil, mon frère a changé d'établissement. Et même ça, ça a été le parcours du combattant ! C'est tellement injuste de maintenir ces agresseurs en place et de laisser les victimes partir, comme une passoire qui tamise le sable fin et ne retient que les gros cailloux.

Je sais que la CPE a convoqué Ronan dans son bureau, mais Arthur ne m'en a pas parlé. À présent, j'attends de voir si la blessure de Ronan est une chance ou une nouvelle pièce dans la machine. J'aimerais que sa cheville soit tordue à jamais et qu'il ne coure plus après personne. Je sais surtout que je dois être prudente lorsque je fais un vœu.

Arthur

Je ne sais pas si les fables de l'arroseur arrosé et du cordonnier mal chaussé existent, mais dans le cas de Ronan la roue a tourné. Et lui avec elle. Pour la première fois, en le voyant passer devant moi, je ne ressens rien. Pas de tétanie, pas de palpitations. Tout reste à sa place et fonctionne normalement. Je n'aperçois que l'élève dont les poings serrent des béquilles et dont l'attention est portée sur sa progression, pour changer. Je n'ai aucune émotion particulière ; ni pitié ni réjouissance. Le cancer de ma mère l'a relégué au second plan.

J'ai la sensation étrange que tout glisse sur moi, comme si mon corps était plongé au fond de la mer, que les écoutilles étaient fermées et que je naviguais à vue. C'est un peu comme si nos mal-être s'étaient percutés et que le mien avait éclaté en mille morceaux minuscules. Je garde en tête l'image de ma petite Maman sans cheveux qui ne pleure pas pour me permettre de le faire, qui me serre dans ses bras pour que je ne m'effondre pas, qui maintient le cap pour que je ne le perde pas.

Je regarde autour de moi ; les tables, les élèves, les mots qui s'écrivent, les minutes qui s'affichent, le tableau qui impose, les lèvres du professeur qui n'émettent pas de son, les fenêtres qui suintent et le ciel qui se dégage enfin. Je suis sur le pont du sous-marin qui refait lentement surface et navigue entre deux pôles, sans faire de vagues, guidé par l'étoile éclatante du sourire de Léonie et rassuré par l'émergence du continent de Hugo qui se dessine à l'horizon. En fait, tout va bien. Ou presque. Je me dis que, si mes notes continuent à briller et mon sourire à illuminer, ce sera autant de lueurs dans les yeux de Maman. Je ne peux pas la soigner mais je peux la réconforter.

J'ai plein de choses à dire ; des tourbillons et des étoiles aussi. J'ai des questions et des idées enfouies. Des déclarations et des doutes à l'infini. Je compte les coucher sur une feuille, les balancer dans un slam, les faire vibrer dans un ensemble presque parfait, pour qu'ils résonnent aussi dans le cœur de ma mère lui aussi pris dans la tourmente.

— T'en es où de ton texte ? me demande Hugo, pendant la récréation de 10 heures.

— J'ai commencé. Enfin, je n'ai que le titre pour l'instant.

— Ah oui, en effet, y'a encore du chemin ! T'as une idée de ce que tu vas dire ?

— À peu près.

— Tiens, v'là les deux minables, interrompt Léonie avec un signe de la tête vers Ronan et Étienne.

— Dommage qu'il ne soit pas un peu plus cassé et coincé chez lui celui-là, ça aurait été Noël avant l'heure ! renchérit Hugo.

— Ça va peut-être le calmer un peu. Ou l'énerver encore plus. Difficile de prévoir. Une chose est sûre, c'est qu'au moins je l'entendrai arriver avec sa ferraille ! dis-je en rigolant avec eux.

Au même moment, un groupe d'élèves de troisième légèrement excités se mettent à chahuter près de Ronan et Étienne. L'un d'entre eux finit par bousculer notre éclopé qui perd alors ses béquilles et se raccroche de justesse à son camarade. L'incident passe totalement inaperçu ; la bande de garçons continue son charivari plus loin, ignorant Ronan perché sur une patte comme un flamant rose. En perdant de sa superbe, et faute de crevettes, le flamant serait gris. La sonnerie me sort de ma rêverie et me rappelle qu'il est l'heure d'aller en maths où Monsieur Galaud nous attend, sourire aux lèvres et sujet tarabiscoté entre les mains. C'est une langue étrangère, une logique qui n'a aucun sens, un monde parallèle. Les maths resteront toujours une matière mystère et boule de gomme. Mais ironiquement, une fois assis à ma table, croisant les regards éprouvés de mes camarades, j'apprécie le pouvoir fédérateur de l'incompréhension.

Louise

Depuis qu'il pense que je suis gravement malade, Arthur ne veut plus dormir dans son lit. Et, même dans le mien, il me dit qu'il ne dort que d'un œil, comme les cow-boys qui campent près du feu censé éloigner les bêtes sauvages. Arthur a toujours été craintif. Je me souviens de cette baignade que nous avons faite ensemble il y a deux ans en mer d'Égée, dans une eau couleur bleu irréel, non loin de la côte pour ne pas perdre le cap. Il nageait très près de moi, comme le baleineau qui flirte avec la nageoire de sa mère, tête hors de l'eau, peu rassuré par l'immensité environnante. Il s'était arrêté soudainement, gêné par l'odeur pestilentielle provenant d'une masse noire et blanche échouée sur le rocher. On aurait dit une grosse vache sans tête. Mais il s'agissait sûrement d'une tortue de mer boursouflée par l'eau et déformée par la décomposition avancée. Avant d'avoir vraiment pu faire mon diagnostic, Arthur s'était hissé sur mon dos.

— C'est un requin qui l'a attaquée ! avait-il crié, tétanisé.

— Mais il n'y a pas de requin ici !

— Maman, je suis *terrorisé* !

— Tu sais que, même sur mon dos, tu n'es pas à l'abri du requin.

— Oui, mais au moins, on mourra ensemble.

J'ai été naïve de croire que ma maladie pouvait passer inaperçue en me cachant derrière une perruque et une bonne dose de fard à joues. En découvrant mes amis tous réunis ce soir devant ma porte pour mon anniversaire, je prends conscience du silence assourdissant que j'ai sciemment installé entre nous et du travesti de bonne humeur impossible à maintenir dans le temps. Julien et Nadia ont emmené Salomé, ainsi qu'un plat coloré et parfumé, à leur image. Il y a des ballons, des bouteilles et des rires sur le pas de ma porte que je ne peux plus ignorer. Caroline et Jérôme, mes amis de fac, sont également présents, ils sont même allés chercher mes parents à la gare. Je ne peux retenir mon émotion en les apercevant, souriants et gais, feignant la normalité. Mais pas trop, juste ce qu'il faut.

En un clin d'œil, la table est mise et les plats disposés. Julien lance un air de Sinatra sur ma vieille platine dénichée l'été dernier au marché aux puces. Alors qu'il entraîne Nadia dans un slow tendre, la sonnette annonce un dernier invité. Marc se tient sur le perron avec un énorme bouquet de fleurs et une bouteille de champagne.

— Je dérange peut-être, je vois que tu as du monde.

— Tu ne me déranges pas, viens, entre ! Ce n'était pas prévu.

« Je suis contente que tu sois là, » lui dis-je en enroulant mes bras autour de son cou. Mes amis se retournent alors, à la fois attendris et surpris de voir cet homme dans ma vie à un moment aussi critique. Ma mère s'approche de moi et me caresse la joue avec toute sa tendresse ; celle qui compatit, qui soutient et qui interroge. Ses yeux parlent pour elle. Ce soir, je crois également lire de la fierté et de la force. Puis elle me serre contre elle pendant de longues secondes. Mon père nous observe de la chaise où ses jambes fatiguées l'ont porté. Il maintient fermement sa canne dans le sol et son regard dans ma direction. Baudelaire a écrit que les émotions les plus belles sont celles qu'on ne peut pas expliquer, comme celle qui anime mes parents ce soir et Arthur chaque nuit. J'ai voulu les épargner mais je perçois à quel point leur présence est essentielle à mon équilibre et à ma guérison.

— Comment te sens-tu ? me demande Caroline.

— Je suis juste très fatiguée. J'ai envie de dormir tout le temps et l'impression de passer à côté de tout.

— Tu dois faire encore combien de chimios ?

— Encore deux avant mon scanner. On fait un traitement de choc pour s'assurer qu'il ne se propage pas ailleurs. L'oncologue décidera de la suite en fonction du résultat.

— Je croise les doigts. Tu es une battante, tu vas surmonter cette épreuve, j'en suis sûre ! En tout cas, je suis là si tu as besoin d'en parler.

Au fond d'elle, je suis sûre que Caroline a très peur que cela lui arrive. Comme ces guerres qui nous touchent parce qu'elles sont à nos portes, proximité émotive oblige. La fameuse loi du « mort au kilomètre ».

Mais, ce soir, chaque centimètre de mon salon est animé par la gaieté ; Salomé a encore amélioré son scrabble pour le plus grand bonheur d'Arthur, Nadia arbore de nouveaux collants roses à paillettes avec un liseré doré, les histoires de Julien illuminent son visage et ravissent les convives, mes parents se tiennent la main tendrement, Caroline et Jérôme tentent un tango endiablé et Marc s'assure que les bulles ne disparaissent pas des verres de chacun. Je regarde cette scène joyeuse qui rassemble ces personnes chères à qui je dois la vie et l'élan ; la promesse de l'amour inconditionnel.

Charline

On ne peut pas tromper l'instinct d'une mère. Aucun silence, aucune distance. Louise était un tourbillon de joie et d'espièglerie quand elle était enfant. Elle pouvait dire ses poèmes, déguisée avec des bouts de tissus glanés çà et là, debout sur une chaise, elle faisait le clown pour qu'on ne se rende pas compte qu'elle ne les connaissait pas bien. Elle pouvait cacher un lapin ou une poule dans sa chambre pour ne pas dormir seule la nuit et tant pis pour le bazar et les crottes ! Elle pouvait dévorer les cerises que son père avait cueillies pendant des heures ; elle croquait juste un petit bout pour faire croire que c'était les oiseaux.

Alors, quand la maison redevenait silencieuse, on pouvait être sûrs que quelque chose se tramait dans notre dos. C'est comme ça que je l'ai retrouvée endormie dans l'étable un matin ; cachée dans le placard à ouvrir les cadeaux de Noël en avance, le paquet de papillotes éventré à ses côtés ; perchée dans le cerisier avec le chat, prétendument pour le sauver et éviter de faire ses devoirs ; planquée sous le lavabo de ma salle de bains qu'elle avait réussi à dévisser pour récupérer une de mes boucles d'oreilles « empruntées ». Enfant, chaque silence camouflait une bêtise ; adulte, une catastrophe.

J'ai su qu'elle allait divorcer après avoir entendu à peu près toutes les raisons possibles justifiant les absences de Thierry lors des week-ends à la maison. Y compris les conférences de dernière minute à Paris et les demandes farfelues de clients pressés. De la même manière, j'ai compris que quelque chose la chiffonnait quand elle a commencé à envoyer Arthur seul pendant les vacances. Quand ce n'était pas une histoire de chaudière défectueuse, c'était un dossier compliqué ou une amie en dépression. Elle a toujours eu de l'imagination mais souvent bien trop élaborée pour être honnête et en décalage avec le vrai problème. C'est ce flou artistique qui me met chaque fois la puce à l'oreille, mais, ces derniers temps, ce sont les messages laissés sans réponse qui nous ont alertés. En faisant le tour de ses amis, Georges a compris qu'ils n'en savaient pas plus que nous. Ensemble, nous avons décidé de débarquer chez elle pour souffler ses trente-sept bougies, mais au fond on y est allé pour en avoir le cœur net.

J'ai vraiment dû prendre sur moi pour ne pas m'effondrer en la voyant si pâle, si maigre. Je crois que, dans le palmarès des pires douleurs, la perte d'un enfant est celle qui arrive en tête. Elle tort les boyaux, saigne le cœur et ne disparaît jamais vraiment. Alors, pour tenir le coup, je répare, je reprise, je range et nettoie jusqu'à l'épuisement. Mon armoire déborde de confitures en tous genres qu'une vie ne suffira pas à manger. Un week-end sur deux, je vends nos productions de lait et de fromages au marché du village, et l'autre, je fais des brocantes et j'en ramène quasiment autant de bordilles qu'en arrivant. J'ai même doublé la surface de mon potager pour être esclave des bonnes et des mauvaises herbes. Mais, en fin de journée, au moment où la vie cesse de bouillonner, la maraîchère-marchante-laitière-fermière-brocanteuse redevient maman.

Parce qu'être mère, ce n'est pas une activité ; c'est une nature qu'on ne peut pas renier ni oublier, même avec toute la meilleure volonté du monde.

Un homme à la barbe rousse se tient aux côtés de Louise. Calme et discret, il ne la quitte pas des yeux. Il se présente comme son collègue. Je vois bien que c'est plus qu'une relation professionnelle ou de la camaraderie de lycée. Je ne sais pas ce que vaut une histoire d'amour qui commence dans ces conditions mais je me rassure en me disant que tout soutien est bon à prendre. Même s'il se fane avec le temps et les épreuves à venir, la douceur avec laquelle il la regarde ne trompe pas. J'aimerais tant pouvoir l'accompagner à ses chimios et l'aider dans son quotidien, mais Louise n'a plus besoin de moi. Même si le temps ne saurait atténuer l'amour maternel, les enfants, eux, s'en affranchissent tôt ou tard. Quelle frustration de ne pas pouvoir partager mes craintes avec elle, l'encourager et lui dire que je l'aime ! Ça n'a jamais été possible, malheureusement. Quand elle vivait avec nous, les attentions suffisaient. Avec la distance, le silence me pèse davantage. Aujourd'hui plus que jamais, je rêverais d'avoir l'usage de la parole.

Marc

J'ai hésité à faire demi-tour en réalisant qu'il y avait du monde chez Louise. Je n'avais aucune envie d'atterrir dans une soirée comme un cheveu sur la soupe. Je ne me souviens plus comment mon doigt a atterri sur la sonnette, mais Louise a ouvert la porte si rapidement que j'ai été pris au dépourvu. J'ai compris qu'il était trop tard pour tourner les talons ou dire que je passais dans le voisinage par hasard. Encore moins avec des fleurs et du champagne, le jour de son anniversaire.

Dans le salon, j'aperçois deux couples d'amis, dont un que je crois reconnaître du lycée, Arthur qui est affairé avec une petite fille du même âge et deux personnes âgées assises à table ; trop peu de monde pour me planquer et éviter les questions. Fort heureusement, ils ne sont pas là pour me connaître ou m'analyser, mais pour faire en sorte que Louise soit entourée de légèreté et d'enthousiasme. Louise rayonne. Son beau visage blême est illuminé et son pull ample camoufle son corps anguleux. Si ses amis sont présents ce soir, c'est sûrement parce qu'ils ont fini par se douter que son silence cachait quelque chose de grave ; la connaissant depuis des années, il n'y avait jamais eu de semaine sans contact ou sortie. Si c'était à cause d'un homme, ils l'auraient su ; un problème au travail, ils auraient accouru. Apparemment, les catastrophes chez Louise sont annoncées comme un tsunami ; par un grand silence et un calme trompeur.

Julien et Nadia font partie de ces couples qui se ressemblent, arborant tous les deux un style excentrique, tels des artistes saltimbanques, une bonne touffe de cheveux bruns et bouclés, un nez aquilin, et un large sourire communicatif. Pas besoin de me confirmer que la petite fille avec laquelle Arthur joue est leur fille ; c'est aussi évident que deux plus deux font quatre. Elle leur ressemble jusqu'au nœud dans ses cheveux. Les deux personnes dont je me souviens, Caroline et Jérôme, sont un peu plus dépareillées. Elle, plutôt grande, svelte, et lui, bonhomme et dégarni. Caroline a presque une tête de plus que son compagnon. C'était déjà le cas en terminale, et on n'avait pas parié sur la longévité de leur couple. Vingt ans plus tard, en ayant déjà passé la moitié de leur vie ensemble, ils nous prouvent qu'on a eu tort. Mon parcours amoureux a été différent mais, vingt ans plus tard, j'aimais moi aussi la même femme.

Jérôme met quelques secondes à me reconnaître au moment où Louise me présente.

— On était en terminale ensemble, tu te rappelles ? implore Louise du regard.

— Oui, en effet, répond Jérôme sans grande conviction, puis se souvient subitement. Ah mais oui ! J'avoue qu'avec la barbe j'ai eu du mal à te remettre. Et puis, t'as fait du sport, toi, pas comme moi ! ajoute-t-il en rigolant, la main sur sa petite bedaine.

— Marc jouait pour l'équipe de rugby de Montpellier, renchérit Louise, il a toujours été costaud. Je crois déceler une note de fierté.

— Je vois ! Non, en fait, je ne vois pas, parce que le rugby, j'y connais rien. Mais maintenant que tu le dis, c'est évident qu'il en a fait beaucoup, et moi, pas du tout ! rit-il de plus belle.

— Ne l'écoute pas, il ne dit que des bêtises, intervient Caroline, en me tendant un verre de champagne.

Attablés dans la joie comme si nous avions déjà partagé de nombreux repas ensemble, j'en oublie presque que Louise est malade et que, il y a quelques minutes encore, personne n'avait entendu parler de moi. Finalement, on est bien mieux caché dans la foule. Une « foule » modeste, bien sûr, mais animée par le but commun de la soutenir. Le tajine de poulet aux olives de Nadia est un vrai délice. Caroline et Jérôme ont ramené des petits fours en guise d'entrée et la mère de Louise s'est chargée de son gâteau préféré ; une forêt noire, qui par miracle ne s'est pas effondrée dans le voyage en train. Louise aimerait pouvoir honorer ses convives mais l'appétit lui manque et le sucre n'est pas recommandé ; les cellules cancéreuses en raffolent, elles aussi. Sa maman ne doit pas le savoir, à moins que l'intention ne réside dans les bougies et la célébration plus que dans les calories.

Les parents de Louise sont touchants, par leur bienveillance et leur amour. Ce sont des gens simples qui vivent au cœur de la campagne, au rythme de leurs animaux et des saisons. Le travail a eu raison de leur dos et le temps s'est chargé de leurs articulations, mais leurs yeux pétillent et leurs mains se cherchent en permanence. Ils ne sont jamais très loin l'un de l'autre, peut-être pour se rattraper en cas de chute, sûrement parce que, après avoir passé une vie ensemble, on ne trouve son équilibre qu'à deux.

Arthur

J'ai l'impression que cela fait une éternité qu'on n'a pas eu d'invités, une éternité que ma mère est malade, une éternité que la joie n'a pas envahi le salon. Étrangement, tout le monde fait comme si de rien n'était, à part Salomé qui ne peut s'empêcher de fixer ma mère, parce que les enfants savent moins bien faire semblant que les adultes.

« Ça me fait bizarre de voir ta maman comme ça... », me dit-elle. Et c'est justement parce que Salomé n'arrive pas à décrire ce qu'elle voit que son regard s'attarde.

— Elle va s'en sortir. Enfin, j'espère.

— Et c'est qui, le monsieur à la barbe rousse ?

— J'sais pas trop. Il s'appelle Marc. Il travaille avec ma mère, mais je suis sûr que c'est son copain. Il est tout le temps là.

— Et ça te dérange ?

— J'sais pas trop.

— Bon d'accord, tu sais rien, toi, en fait ! Voyons voir si c'est le cas pour le Scrabble. Tu verras, il est un peu plus dur qu'avant mais aussi beaucoup plus beau, je trouve.

Son jeu a juste plus de paillettes que la dernière fois, mais mon père me dit qu'il ne faut pas décourager les artistes, en restant toujours très prudent dans les remarques et en faisant en sorte qu'elles soient « constructives ». Il ajoute même que sont des êtres « créatifs mais extrêmement égocentrés et susceptibles », comme s'il parlait d'une espèce rare et complexe. Je ne pense pas que ce soit le cas de Salomé, mais, dans le doute, je préfère m'abstenir. La nouveauté, cependant, est qu'elle a agrandi le jeu en collant des morceaux de carton sur deux côtés du panneau principal, pouvant être rabattus afin que le jeu puisse être rangé dans la boîte d'origine, rallongeant ainsi les mots et la partie !

— Je dois préparer un slam pour dans deux semaines.

— Ah bon ? Génial ! Pour l'école ?

— Il y a un concours, et le prof de français, Monsieur Guillemin, m'y a inscrit.

— Il va parler de quoi, ton texte ?

— D'amour.

J'aurais dû anticiper la réaction de Salomé qui, après avoir fait une moue dubitative, s'est mise à se rouler par terre en se tenant le ventre.

— Calme-toi, tout le monde va nous remarquer.

— L'amour ! Mais t'y connais quoi, toi, à l'amour ? T'as même pas embrassé une fille ! À part si tu me l'as caché, ajoute-t-elle, soudainement plus sérieuse, en se redressant.

— Ça n'empêche en rien d'en parler ! Pourquoi tu rigoles ?

— C'est quand même un peu niais, ton thème. T'as rien trouvé de plus original ?

Je me demande si la gêne que je ressens à ce moment-là signifie que je suis susceptible et donc un « artiste » selon la définition de mon père ou si Salomé manque simplement de tact. Il est vrai que l'amour est un concept vieux comme le monde mais il ne se démode pas et se décline à l'infini. Ce sont les papillons dans le ventre quand je suis avec Léonie, la gorge qui se serre en apercevant ma mère affaiblie, la tendresse de ma grand-mère contenue dans ses pots de confiture, la rage d'Antoine en découvrant les bleus sur mon corps et le rire de Salomé qui explose et me taquine. L'amour ne laisse pas indifférent, il bouleverse, il remue mais il apaise aussi. Il équilibre, il adoucit, et quand ce n'est plus le cas et que le manque s'installe, c'est qu'il est parti ailleurs.

Le dessert de ma grand-mère est à tomber par terre. Je ne sais pas si c'est l'expérience ou parce que c'est une artiste elle aussi, mais tout ce qui passe entre ses mains se transforme en miracle. Je comprends donc mieux qu'elle soit si précieuse aux yeux de mon grand-père et qu'il ne sache pas vivre sans elle. Quand elle s'éloigne, c'est comme si le soleil s'éclipsait et la mer se retirait. Cela provoque des crises d'angoisse terribles chez lui, au point où elle le retrouve parfois en nage dans son canapé, à son retour du marché.

Mon grand-père a perdu ses parents très tôt dans un accident de la route et, depuis, il a une peur bleue de l'abandon. Ils l'avaient laissé seul ce jour-là avec son frère aîné, afin de vendre leurs produits au marché du village voisin. Les garçons en avaient l'habitude et n'étaient pas inquiets. Il y avait tellement de choses à faire dans la ferme pendant ce temps : récolter les œufs et nettoyer le poulailler, donner du foin aux vaches et les traire, cueillir les fruits et légumes avant que les lapins et les oiseaux ne s'en chargent.

Un camion surchargé de pierres était sorti d'une carrière nouvellement exploitée et en avait fait tomber quelques-unes sur la chaussée, au niveau du virage, là où leur père n'avait aucune visibilité. Les morceaux de rocher n'étaient pas énormes mais l'un d'entre eux avait voilé la roue avant du triporteur qui transportait mes arrière-grands-parents et leur production de la semaine. Elle avait fini par se bloquer et mon arrière-pépé avait perdu le contrôle de son véhicule, terminant sa route au fond du ravin. Ce sont les gendarmes qui ont averti mon grand-père ce samedi 14 mars 1959. Le plus difficile n'a pas été l'angoisse qu'ils ont ressentie au moment où les gendarmes ont retiré leur képi, mais de ne pas pouvoir voir le corps de leurs parents, trop calcinés et méconnaissables. Ils ont dû faire leurs adieux à deux cercueils scellés à jamais.

Les propriétaires de la carrière ont continué à l'exploiter encore de nombreuses années et se sont contentés de mettre un panneau triangulaire annonçant des chutes de pierre possibles, une dizaine de mètres en amont. Un panneau contre deux vies. Mon grand-père ne s'en est jamais remis. Le décès de leurs parents a provoqué des convulsions terribles chez mon grand-père, le jeune Georges qui n'avait pas encore dix ans. Ces crises ont fini par lui tordre la bouche une fois adulte à cause d'un court-circuit dans le cerveau un peu plus fort que les autres. Sous traitement depuis, Charline sait qu'elle peut le laisser seul quelques heures mais elle le soupçonne d'exagérer un peu pour la faire culpabiliser de son absence. En observant mon grand-père courbé sur sa canne, je réalise qu'il n'y a pas d'âge pour souffrir de l'absence d'un parent, ni pour supporter le supplice d'un enfant.

Louise

Finalement, j'ai eu tort de ne pas vouloir fêter mon anniversaire. D'ailleurs, je me demande même si je ne l'avais pas oublié, consciemment. Pour célébrer quoi, exactement ? Et avec quelle énergie ? Mais, avec le recul, je ne regrette pas que l'on m'ait offert cette bulle d'oxygène, d'avoir été entourée par mes amis et mes parents dont je n'avais pas mesuré l'inquiétude. Ce matin-là avait commencé tout en douceur avec un poème d'Arthur d'une telle beauté que les larmes avaient jailli avant ma première gorgée de café. À travers le brouillard dans mes yeux, j'ai pu lire dans ses quelques lignes tout l'espoir qui l'anime et la force qu'il veut me transmettre.

C'est dans cet état d'esprit que je suis allée à mon rendez-vous avec l'oncologue ce matin, non pas comme un soldat réquisitionné d'office, mais comme un Résistant qui décide de faire scission avec les moins courageux et de se battre par amour pour la vie telle qu'elle était avant que l'ennemi n'en décide autrement.

Je ne veux plus me laisser impressionner par l'échéance qui se dérobe au fur et à mesure, comme la ligne de l'horizon. Je ne veux pas qu'un carré soit imprimé à jamais sur ma poitrine là où la radiothérapie serait ciblée. Je ne veux pas que mon corps gonfle à coups d'hormonothérapie et piqûres en tous genres. J'entame mon avant-dernière chimio et j'aimerais que le mot « dernière » prenne tout son sens.

Je veux profiter de la matinée et redécouvrir des plaisirs simples : sentir mes chaussures s'enfoncer dans le sable, le vent frais souffler sur mon visage et les hautes herbes vibrer avec moi pendant que je regarde la mer, puis prendre un petit déjeuner dans un café non loin de là pour me réchauffer, lire le journal comme si de rien n'était, me redire que le monde est bien plus malade que moi, flâner au marché, m'acheter des fleurs et du fromage qui me rappelle mes parents. Je veux m'imbiber de toutes ces saveurs, ces odeurs et les souvenirs qu'elles provoquent avant mon rendez-vous de 11 heures, avant de passer le reste de ma journée dans mon canapé, roulée en boule, éteinte, l'encéphalogramme à zéro.

J'ai demandé à Marc de ne pas venir avant trois-quatre jours, le temps de sortir de ma torpeur. Il a déjà trop vu la version de moi toute ratatinée. Je ne veux pas ajouter à toutes mes peurs celle de le perdre. Je n'ai pas assez fait attention à lui quand nous étions au lycée, trop occupée à être en couple et, par la suite, trop occupée à être divorcée. Je n'ai jamais remarqué ses regards brûlants en classe, les portes qu'il tenait, les ballons qu'il détournait de mon visage en EPS, ses mots justes, ses mains rassurantes, les centaines de cafés et de dossiers dont il m'a soulagée, et pourtant, aujourd'hui, c'est la somme de toutes ses attentions invisibles que j'ai la frousse de perdre.

C'est comme si les projecteurs avaient braqué toute l'intensité de leur lumière sur lui et qu'il le leur rendait bien. Alors, comme un comédien choisi pour incarner le rôle de ses rêves qui lui tombe dessus sans crier gare, sans avoir pu relire son texte, il s'avance calmement et improvise, en jouant avec la justesse de son cœur et l'ardeur de ses émotions. Je me tiens face à lui sur scène, les cheveux longs et détachés, le visage pâle, vêtue d'une longue chemise de nuit de couleur claire. Mes pieds nus semblent léviter légèrement au-dessus du sol. Des faisceaux de lumière blanche inondent la scène. À chacun de ses pas, je m'élève un peu plus. Il se met à courir et attrape ma main de justesse. Il me tire vers lui et me serre fort dans ses bras. Il me regarde intensément et pose ses lèvres fougueusement sur les miennes. Au moment où nos bouches se rencontrent et nos corps se scellent, le tonnerre gronde et explose des millions de gouttes d'eau juste au-dessus de nos têtes. Elles ruissellent sur nos visages puis exposent notre nudité sous les vêtements devenus transparents. Puis l'orage cesse aussi soudainement qu'il a commencé, les projecteurs se rallument et nous éblouissent. Marc relâche son étreinte. Mes pieds touchent le sol. Nos doigts s'effleurent puis s'entrelacent. Une main devant les yeux pour ne pas être aveuglés, nous nous tournons vers les spectateurs que nous discernons à peine. Nous nous tenons là, ancrés dans le sol, éternellement fragiles, terriblement réels.

Monsieur Guillemin

Mila et Noé ont beau être jumeaux, ils n'ont absolument rien en commun. Mila est une brindille brune au regard espiègle, comme sa maman, et Noé a tout d'un ange blond et dodu, comme moi à son âge. À les voir s'affairer dans le jardin, les bottes pleines de boue et les joues rougies par le froid, je parierais qu'elle a encore embarqué son frère dans un jeu de rôle où elle commande et il obéit. Quelle que soit l'activité, c'est ainsi qu'elle distribue les tâches. Un vrai petit dictateur en herbe. Même ses poupées sont au garde-à-vous, rangées impeccablement sur l'étagère, les yeux écarquillés et les cheveux attachés. Le lit est tiré aux quatre coins et ses habits pliés sur sa chaise.

Perchée sur une chaise, elle attrape les assiettes qu'elle tend à son frère afin qu'il les mette sur la table pour le goûter. Ils ont préparé un marbrier ; Noé s'est occupé de la pâte claire et Mila de la pâte chocolatée. Sûrement la condition pour qu'il puisse en manger. Son sens du partage est questionnable mais efficace. Au moment de faire les devoirs, elle aligne tous ses stylos et ses cahiers par ordre « d'attaque », comme elle dit. Parfois, en tant que bon colonel, elle décide que le cahier jaune de français descendra dans la pile sous le cahier rouge de géométrie. « Parce que le français, c'est nul ! », commente-t-elle à mon grand désespoir. J'ai beau essayer de lui lire toutes les histoires possibles, au bout de quelques minutes Mila commence à se tortiller et soupirer, son esprit à vagabonder ; au loin parce qu'un oiseau s'est posé sur le rebord de la fenêtre, ou tout près parce que le bonnet d'une poupée n'est pas tout à fait droit sur sa tête. Elle n'aime pas rêvasser, elle aime faire : construire, pétrir, courir, grimper. Pourvu que ça bouge, et surtout que ce soit à son initiative. Une chose est certaine ; personne ne peut lui dicter la marche à suivre. Son frère peut en témoigner. D'ailleurs, je ne serais pas surpris que, dans l'utérus de leur mère, elle lui ait imposé le jour et l'heure de leur arrivée dans ce monde, le retenant avec elle quelques jours de plus. Je ne suis pas non plus étonné qu'elle soit sortie en premier.

Je la regarde s'agiter et j'essaie d'imaginer ce qu'elle fera plus tard. Architecte, géomètre, sculptrice. Elle deviendra peut-être ingénieure mais, avant tout, elle sera chef. Puis je me raisonne en me disant qu'elle n'a que huit ans et toute la vie devant elle.

En tant que parent, on a envie de croire que nos enfants hériteront de nos talents et partageront nos passions, mais les miens n'aiment ni lire ni écrire. Je crois même que l'école ne les intéresse pas. Tout simplement. Alors, quand je m'enferme dans mon bureau et que je découvre le texte d'Arthur, ce sont tous mes espoirs de père et de professeur qui se réalisent. Il est rare de croiser ce genre de profil dans une carrière. Brillant, pertinent mais mal ajusté. Je l'aperçois dans la cour de récréation, souvent seul et paumé, comme un oiseau tombé du nid mais qui, paradoxalement, se redresse face à la classe, faisant fi de ceux qui le mettent si mal à l'aise d'habitude. Une métamorphose : un paon qui déploie sa queue aux mille couleurs après avoir déambulé grisement dans la cour. Le jeune garçon jusqu'alors sans saveur ni teinte déclame des lignes et des vers avec tout l'aplomb et la verve d'un adulte, d'un poète. Un enfant ténor, un moineau royal, un poisson volant, une sorte d'espèce hybride étonnante qui se réinvente à chaque occasion qui lui est donnée.

Les collègues s'asseyent en chœur autour des tables disposées en U, présidées par le principal du collège, Monsieur Fournier et la CPE. Les conseils de classe du premier trimestre ont commencé depuis deux jours, rallongeant les heures de présence dans l'établissement humide et mal insonorisé. Je sens ma migraine arriver ; elle se déclenche toujours au niveau des tempes, légèrement au début, puis s'étend jusqu'aux yeux avant de cogner de toutes ses forces. Je prie intérieurement pour que la réunion se déroule sans accrocs et que je puisse sortir m'aérer au plus vite. Les bulletins des élèves sont projetés sur le mur, commentés laconiquement par le professeur principal. Je crois mourir d'ennui et de douleur. Je presse mes tempes avec mes doigts, pose mes lunettes sur la table et ferme mes yeux un instant. *Plus que dix élèves.*

— Arthur Lambert. Excellent élève. Dans toutes les matières, à part peut-être mes maths où c'est moins bon, mais cela reste correct. Je crois qu'à part le féliciter, il n'y a rien à ajouter, dit la professeure principale, qui a envie d'en finir autant que moi.

— Il est exceptionnel, vous voulez dire ! dis-je en dégageant mon visage de mes mains. Tellement exceptionnel qu'il en souffre. Je ne sais pas si vous l'avez remarqué ?

— Je l'ai reçu dans mon bureau après les vacances, avec Ronan Kracovic, mais il n'a pas dit un mot. Sûrement trop peur des représailles, rajoute Madame Alliot d'une voix dépitée.

— Représailles ? demande Monsieur Fournier en se tournant vers la CPE puis les professeurs avec un regard interrogateur.

— Le Ronan en question le malmène, rajoute Madame Alliot. Et j'ai bien peur que ce soit physique également, il ne s'agit pas que de harcèlement moral.

— J'en suis quasiment certain, et ça, depuis le début de l'année, je crois même que ça se voit sur la photo de classe.

— Que voulez-vous dire, Monsieur Guillemin ? demande le principal.

— Ronan lui a fait un croche-pied ce jour-là. Le gamin était terrorisé, et ça se voit sur la photo !

— Vous n'avez pas fait de rapport ?

— Non parce que j'ai maîtrisé la situation immédiatement et l'on sait bien que les rapports ne servent à rien, puisqu'il est toujours là !

— Je serais d'avis qu'on marque le coup, interrompt la CPE, et qu'on lui colle un conseil de discipline.

— Si vous ne faites pas de rapport, c'est compliqué de justifier un conseil de discipline. Il y a quand même des étapes à respecter.

— Mais enfin, ça fait plus d'un an qu'il terrorise ses camarades, qu'il ne fiche rien en classe et qu'il agit en toute impunité ! Pourquoi est-ce qu'il changerait d'attitude si l'on ne fait rien ? Faisons ce rapport, Monsieur Fournier ! Allons-y !

Resté en retrait jusque-là, je me sens bouillir comme une cocotte-minute.

— Vous avez contacté les parents des deux garçons ? demande le directeur à Madame Alliot.

— Les parents d'Arthur n'avaient pas l'air au courant. Quant à ceux de Ronan, c'est une autre histoire. Père absent, mère pas très présente non plus. Je crois qu'on est un peu tout seuls, là.

— Tout seuls, tout seuls, mais vous voulez qu'ils fassent quoi, les parents ? C'est quand même chez nous que ça se passe, non ?

À ce moment précis, je ne sais pas ce qui m'énerve le plus ; Ronan ou l'air débonnaire de mes collègues, les bras ballants devant un troupeau de vaches qui passe dans le couloir.

— Restez vigilants, faites des rapports et au deuxième trimestre, si c'est encore le cas, alors on aura de quoi le convoquer, conclut le directeur en passant au prochain élève. On doit aussi pouvoir lui donner une chance de réussir et de changer son comportement. C'est de notre devoir également d'encourager l'égalité des chances.

Je crois que j'aurais pu lui faire bouffer son égalité des chances avec sa cravate marron minable. Ce genre de phrases pondues par les technocrates ne peuvent être prononcées que par celles et ceux qui ne sont pas sur le terrain, tous les jours au contact des trublions et des cas sociaux. Le monde marche sur la tête ; il faut protéger les fauteurs de troubles et arrêter de se voiler la face. Ce genre d'injustice pourrait avoir raison de ma vocation. Je compte bien me charger de ce rapport et des suivants s'il le faut. Au moment où je suis prêt à rendre mon tablier, je constate que mon mal de tête a disparu.

Saul Enscène

Quand on est jeune et con, on décide parfois de se brûler les ailes et tous les bouts de chandelles que l'on récolte sur son passage, de tenter le diable et, tant qu'à faire, ses démons aussi, de franchir les ponts et dépasser les limites, pensant que cette ficelle invisible nous raccrochant à la vie – celle qui nous est due parce qu'on a encore tout à faire – sera suffisamment solide pour nous retenir, pour nous sauver quoi qu'il en soit, comme on se réveille d'un mauvais rêve juste avant le moment fatidique. Ouf, ce n'était qu'un cauchemar ! Seulement voilà, la loi de la gravité, elle, est une réalité qui reste non négociable et ne prend en compte ni l'âge ni l'audace.

Lorsque j'ai escaladé le balcon du premier étage pour sauter dans la piscine quelques mètres plus bas, ce n'est pas la galerie que j'ai épatée, c'est mon corps que j'ai bousillé. Je savais que Virginie, avec qui je venais de faire l'amour pour la première fois, me regardait derrière ses lunettes de soleil, les pieds dans l'eau, le corps huilé, belle à en mourir, littéralement. J'ai également deviné l'admiration ou la folie dans les murmures de mes compagnons. Mais je n'ai pas imaginé une seconde que la piscine serait si peu profonde, je n'ai pas réfléchi aux conséquences. J'ai agi comme d'habitude, sur un pari, par pulsion aussi soudaine qu'inconsciente, poussé par les endorphines, dopé par les hormones, enivré par son odeur laissée sur ma peau.

Allongé sur mon lit d'hôpital pendant des mois, les morceaux de mon corps maintenus ensemble par des broches et des fils de fer pour ne pas qu'ils se détachent et que je me désagrège, j'ai eu tout le loisir de réfléchir au sens que je voulais donner à ma vie désormais. Mon excès de zèle m'avait brisé les os, mais l'expérience malheureuse m'avait ironiquement ressuscité. L'association *Toi Émoi* avait été l'occasion de créer ce lien que je cherchais désespérément, de donner du temps aux personnes âgées en partageant un jeu de Scrabble ou d'insuffler de la confiance aux jeunes en manque d'inspiration, l'instant d'un slam. De faire en sorte qu'ils se sentent moins seuls, moins désœuvrés.

Cet après-midi, c'est au collège REP Jean-Giono qu'a lieu le concours de slam des classes de troisième, et comme chaque année j'essaie d'être présent, pour honorer la promesse que je me suis faite. Dans chaque mot, chaque regard d'enfant, j'entends et je lis l'espoir, parfois la souffrance, et à travers ce partage j'ai envie de croire qu'au moment où le voile se lève, les maux s'apaisent. Ils me font du bien avec leur bagout et leurs rêves plein les yeux. Je me sens utile, je me sens vivant. En transmettant ma passion, ils déploient leurs ailes devant un public friand de poésie et d'authenticité.

Au moment où je pénètre dans la salle du CDI, non sans difficultés, j'aperçois le principal sur l'estrade à qui un professeur tend un micro. Après avoir tourné longtemps en voiture, j'ai fini par trouver une place pour handicapés qui ne soit ni empruntée par une personne valide ni envahie par des trottinettes laissées à même le sol. J'ai ensuite perdu quelques minutes à me battre avec les portes d'accès au bâtiment qu'il a fallu tirer vers moi, tout en évitant de faire un roulé-boulé dans les escaliers derrière moi et en maudissant l'abruti qui avait réfléchi à ce système d'ouverture. Quelques minutes plus tard, j'allais réitérer l'expérience en retenant avec ma béquille la porte de la bibliothèque qui se refermait lentement après avoir accueilli un énième retardataire, quand la secrétaire est apparue face à moi pour la retenir.

— Bonjour, Monsieur Enscène, laissez-moi vous aider. Je suis terriblement désolée, je vous attendais mais j'ai dû régler un problème de micro de dernière minute. Veuillez me suivre, je vous prie, nous vous avons gardé un siège tout devant.

Percevant le cliquetis de ma ferraille, les gens se retournent sur mon passage. *Quel dommage ! Si jeune !* Dans leur regard, je lis l'attendrissement, la pitié de tous ces parents qui imaginent par procuration la douleur des miens. Je les salue de la tête, l'air contraint. Le principal du collège vient à ma rencontre et m'indique une place en face de la scène où je pourrai étaler mes jambes raides. Une fois installé, le premier élève est appelé. Sur l'estrade, il me fixe, figé par la peur ou l'étonnement, peut-être les deux. Il finit par se présenter avec une voix hésitante, Arthur, le corps frêle et les deux mains enroulées fermement autour du micro qui cache sa bouche.

Quelques élèves sont présents ; ceux qui tenteront leur chance et ceux qui viennent les soutenir. Ils relisent leur texte une fois encore et s'imprègnent des mots qu'ils devront déclamer par cœur dans quelques minutes, à tour de rôle. Je pense avoir repéré la mère du petit Arthur assise au deuxième rang, parce qu'il lui fait un petit geste de la main avant de se lancer et parce que les larmes qui coulent sur les joues de cette femme en l'écoutant trahissent son émotion et sa fierté. Elle est assise à côté d'un homme à la barbe rousse contre lequel elle est blottie.

Arthur desserre ses doigts, relâche son bras gauche le long de son corps, se redresse et prend une inspiration. Puis il se met en mouvement et arpente lentement la scène en engageant le public du regard, en posant sa voix calmement et insistant sur certains mots pour donner du rythme à son message. Les mots se croisent et se décroisent, s'apposent et s'opposent, les couleurs prennent des formes et les formes des odeurs. Il n'y a soudain plus de frontière aux sens, pas de limite aux émotions, pas de finitude dans les images. Je suis plongé dans *Le Carnaval des animaux* de Camille Saint-Saëns ; j'entends le piano à quatre mains sur lequel dévalent les notes noires et blanches à vive allure puis qui marquent une halte soudaine et franche. Je ressens les vibrations des violons qui s'emballent puis ralentissent, tour à tour solennels puis insolents. J'imagine un jeune cerf engagé dans une course effrénée au cœur d'une forêt, fuyant le danger, qui s'arrête soudainement pour mesurer son avance et décider de la nouvelle direction à prendre.

L'enfant timide et crispé s'est transformé en soprano, en magicien des mots, en illusionniste. Les rayons de soleil qui se sont invités dans la pièce projettent derrière lui une ombre qui le grandit ; cette ombre a des épaulettes et des galons aussi, elle porte un couvre-chef orné de feuilles d'or et le nom d'un héros inconnu.

Arthur

Je ne sens plus mes jambes et mon ventre fait de drôles de bruits. Je prie pour qu'on ne les entende pas au premier rang. *Respire, respire.* J'aperçois ma mère assise en face de moi qui me regarde avec ses grands yeux verts humides. Elle est collée à Marc telle une rose frêle poussant contre le tronc d'un chêne qui l'abrite du vent et du soleil. Je cherche Léonie le plus discrètement possible, sachant pertinemment que, perché sur mon estrade, il est plus difficile de cacher mes intentions. Je finis par la repérer grâce à Hugo dont la tête dépasse aisément celle des autres. Ils chuchotent et rigolent, puis font des grands gestes dans ma direction en espérant me faire rire et me détendre. Il doit y avoir une trentaine de paires d'yeux braqués sur moi, des professeurs, des élèves et même Madame Alliot qui a gardé son manteau rouge. C'est signe que la chaudière doit de nouveau être en panne. J'ai des sueurs froides bizarres comme si mon corps était détraqué et menaçait de lâcher comme une vieille bagnole qui toussote au moment d'accélérer.

La bonne nouvelle, c'est que Ronan et Étienne ont enfin été exclus du collège ; je n'aurai pas à m'inquiéter d'une mutinerie de leur part. Quoique. L'espace d'un instant, je crois apercevoir une béquille bloquer la porte d'accès au CDI. Sans m'en rendre compte, j'ai arrêté de respirer et de fonctionner ; je suis comme pétrifié, incapable de bouger, les yeux rivés sur la porte. Un jeune homme brun d'une vingtaine d'années pénètre alors dans la salle, appuyé sur des béquilles qui le soutiennent de chaque côté. Il avance à la force de ses bras, ses pieds traînent sur le sol avant de trouver appui tant bien que mal. Tout le monde se retourne sur son passage ; les regards pesants soulignent davantage son handicap. Mais Saul Encène ne se laisse pas décontenancer. Il connaît sa condition et l'émoi qui opère lorsqu'il rentre dans une pièce. Il est bien trop conscient de sa raison d'être et de la mission qui l'habite pour se laisser impressionner. Il sourit timidement avec un petit hochement de tête aux personnes qui le saluent, puis s'installe juste devant moi, entre le principal et Madame Alliot. Armé de son micro, Monsieur Fournier se lève pour prendre la parole devant le public dont les murmures s'atténuent.

— Bonjour à toutes et à tous et bienvenue au concours *Slam à l'école* qui, comme tous les ans, permet à nos élèves de s'exprimer devant leurs camarades, leurs professeurs et leurs parents. Il n'y a pas de règle ou de forme particulière à respecter, et c'est ce qui fait tout le charme de cet exercice poétique qui prône avant tout des valeurs de partage et de dépassement de soi. Chaque candidat a trois minutes, maximum, pour s'exprimer en toute liberté. Le jury est composé de quatre professeurs, quatre élèves et de Monsieur Saul Encène, qui nous fait l'honneur d'être parmi nous aujourd'hui, en tant que représentant de l'association *Toi Émoi*. Cette association est justement à l'initiative de ce concours et offre au gagnant une place de concert au festival *La Nuit du Slam* en mars prochain avec un accès VIP pour rencontrer les artistes. Une vingtaine de candidats se sont inscrits pour notre plus grand plaisir. Cher Saul Encène, souhaitez-vous dire un mot à ces élèves pour les encourager ?

Monsieur Fournier tend alors le micro au jeune homme qui esquisse un mouvement pour se redresser, en vain, puis se contente de se retourner vers la salle.

— Merci beaucoup, oui, je voudrais tout simplement féliciter ces jeunes collégiens pour leur travail et leur passion, leur dire que rien n'est insurmontable dans la vie. Et surtout, de prendre du bon temps, car le slam c'est de la poésie moderne, de la créativité, mais, avant tout, le plaisir d'être ensemble et de s'exprimer librement. Voilà, je suis ravi d'être parmi vous et de vous écouter.

Le public applaudit. Une fois le calme revenu, Monsieur Fournier ajoute :

— Notre premier volontaire est Arthur, il est le cadet de ce concours ; il a douze ans et le titre de son texte est « L'Étoile dans mon Ciel ». Nous t'écoutons, Arthur. Quand tu es prêt.

Monsieur Fournier prend sa place. La petite salle se tait progressivement. Quelques personnes toussent çà et là. Une sonnerie de portable retentit ; la propriétaire du téléphone, confuse, farfouille son sac pour en extraire l'objet coupable et l'éteint. Au même moment, un nuage décide d'assombrir le ciel un peu plus loin, créant un jeu d'ombres et de lumière. J'inspire profondément puis expire lentement. Les mots qui avaient disparu au moment de monter sur l'estrade semblent refaire surface de manière limpide, comme projetés devant mes yeux. Je fais quelques pas assurés vers le public et me lance. D'une traite. Sans hésitation, sans accroc. Tout en évidence.

« Je voudrais être le sourire dans tes silences,
Inventer des mots qui ne parlent que de nous,
Être le bleu dans ton ciel et le vert dans tes yeux,
Je voudrais qu'ensemble, on soit entourés tout seuls
Et qu'on ne tende les bras que pour se retenir.

Je voudrais être le E dans le O de ton cœur,
L'accent dans ton prénom, la syllabe qui tient l'autre,
Le *La* dans ta gamme, le soupir dans tes notes,
Je voudrais que dans *Nous*, il y ait ton *Encore*,
Et que si un jour je m'égare, ce soit dans ton regard.

Tu es le vers dans ma rime, elle a le ver dans son fruit ;
La mère qui m'a donné la vie se bat pour sauver la sienne,
Je suis vert de rage, vert tout court, vert amer,
Que mon décor soit d'travers, et son corps à l'envers.
Le verre est son sein ; à moitié vide, à moitié plein.

Si tu es l'étoile dans mon ciel, elle est l'émoi dans ma voix,
Si tu es l'élan dans mes pas, elle est la force dans mes mots.
Si, avec toi, je deviens pluriel, unique je resterai pour elle.
La vie prend, la vie donne. L'amour rend, l'amour résonne.
Si la Vie reste une Odyssée, l'Amour devient notre Destinée. »

Un nouveau nuage obstrue le ciel, les visages redeviennent nets. Ce tonnerre d'applaudissements que j'ai si souvent imaginé en classe mais qui n'a jamais eu lieu que dans mon imagination semble à présent résonner pour de vrai. Une trentaine de mains frappent en chœur, accompagnées de clameurs et de sifflets. Je peux lire l'émotion de ma mère sur ses joues inondées de larmes, jusque dans le tremblement de son sourire. Léonie a placé ses mains devant sa bouche et son nez ; j'ai envie de croire qu'elle s'est reconnue dans mes paroles et que ce n'est pas sa honte qu'elle dissimule mais sa sensibilité. Je ne sais plus quoi faire à présent ; mes pieds sont soudés dans le sol, mes mains se mettent à trembler comme si elles relâchaient soudainement toute la pression emmagasinée lors de l'exercice. Je viens de mettre mes sentiments à nu. Je ne m'appartiens plus. J'oscille entre la crainte et le soulagement.

Ce n'est qu'au moment où Léonie a glissé sa main dans la mienne une fois mon slam terminé, que j'ai su qu'elle avait saisi le sens de mes mots. Ce n'est que quelques jours plus tard, quand Monsieur Guillemin m'a lu le verdict devant la classe ébahie, que j'ai compris que j'avais également gagné le droit d'exister aux yeux des autres. *Thomas* n'a plus réapparu, peut-être parce qu'à présent je ne suis plus seul.

Louise

Assise au deuxième rang légèrement sur sa gauche, je suis bouleversée par la force qui se dégage de ce petit corps frêle, par la transformation d'Arthur sur scène. La chrysalide est en passe de devenir un beau papillon ; un craqueur turquoise aux ailes recouvertes de cercles et chevrons bleus ou, mieux, une uranie de Madagascar aux couleurs vives, arc-en-ciel. J'ai à la fois l'étrange impression de découvrir mon fils et la sensation de me voir en lui, de m'entendre à travers ses paroles, de retrouver des images et des émotions que nous partageons depuis toujours. Il est devenu l'addition de tous les héros de son imagination et le prolongement de tout ce qui nous est familier. Si je devais mourir bientôt, je voudrais être foudroyée de fierté. Mais je ne sais pas si ça existe.

Un nouvel élève monte ensuite sur l'estrade pour présenter son slam. Arthur, quant à lui, est parti retrouver ses amis au fond de la pièce, qui le félicitent chaleureusement. Il ne m'a jamais parlé d'eux. J'observe cette scène en apparence banale avec intensité ; mon fils a des amis ! C'est un détail en soi anodin mais qui relève de l'exceptionnel pour Arthur. Je n'ai jamais fait de gâteau d'anniversaire pour ses camarades de classe, je n'ai jamais eu à fabriquer de piñata remplie de bonbons, je ne suis jamais allée le chercher chez un ami où il aurait passé la nuit. Je crois que je n'ai jamais vu Arthur quelqu'un d'autre que Salomé. Je le vois sourire, échanger avec ses camarades, j'imagine mon fils raconter ses impressions et ses amis le complimenter, lui prédire une victoire écrasante et un bel avenir.

Alors que Marc nous ramène en voiture à la maison, je me tourne vers Arthur :

— Tu te souviens de cette rando qu'on voulait faire dans les Pyrénées ?

— Oui, je me le rappelle, répond-il.

— Je me disais qu'on pourrait y aller ce week-end ? Ce ne serait pas une très grande balade mais il va faire beau ! J'ai fini mes séances de chimio et j'aimerais m'aérer, bouger, vivre un peu normalement. Qu'est-ce que tu en dis ?

Les yeux d'Arthur scrutent les miens et se demandent sûrement si j'en suis capable, si je suis sûre, si c'est bien le moment. Puis il répond, d'une voix hésitante :

— Qu'un week-end ? Pas plus longtemps ?

J'ai oublié un instant qu'une promesse de rando de plusieurs jours réduits à un week-end est forcément décevante pour un enfant qui n'a que douze ans, après tout. Je pourrais lui répondre que mon corps a été brûlé de l'intérieur et que tenir deux jours relève de l'exploit, mais il n'a que douze ans. Je pourrais lui dire que j'ai des nausées régulières et que j'ai une trouille terrible de mourir, mais il n'a que douze ans. Je pourrais lui expliquer que j'appréhende le résultat des analyses de sang et du pet scan la semaine prochaine, mais il n'a que douze ans. Je pourrais enfin lui avouer qu'en ce moment il m'est difficile de nous payer une semaine de gîte, mais il n'a que douze ans et, de toute façon, j'ai trop honte.

— Je nous ai prévu un petit parcours qui vaut bien une semaine de rando, tu ne vas pas être déçu ! En plus de ça, j'ai une surprise pour toi... Tiens, regarde dans le sac sur le siège à côté de toi !

Les yeux d'Arthur s'écarquillent, il attrape le sac, le pose sur ses genoux et en tire une lampe frontale, un nouvel Opinel, un allume-feu portatif, une corde avec un manuel de nœuds pour s'entraîner, une boussole...

— Plein de gadgets pour un parfait petit baroudeur ! lui dis-je avec un grand sourire.

— Merci, Maman, c'est génial, c'est exactement ce qu'il me manquait ! Je suis trop content ! lance-t-il en enroulant ses bras autour de mon cou derrière mon siège.

Et c'est comme ça que nous sommes partis faire un bout des chemins de Compostelle, la *via Tolosana*, tous les trois, Marc avec sa bonne humeur, Arthur avec son attirail et moi avec ma nausée, à travers les paysages rouges du Canyon du Diable, les Plaines de Salelles à perte de vue et les Dolmes des Isserts. Je n'ai pas pu tout faire d'une traite comme avant, j'avoue m'être arrêtée plusieurs fois pour reprendre mon souffle et sortir mon téléphone qui vibrait dans mon sac. « Bonjour, c'est la secrétaire du Professeur Ikarius du CHU de Mont » Mais j'ai raccroché la première fois et ai ignoré les autres appels qui ont suivi. Je n'ai pas pu. Je ne veux pas savoir, je crois. Je veux profiter de ces quelques heures de pause dans le diagnostic, de cette mi-temps dans une partie endiablée qui m'épuise depuis des semaines. Parce que, sans le mot « tumeur », tu ne meurs pas encore.

— Tout va bien ? me demande Marc.

— C'est l'hôpital qui essaie de me joindre. C'est la troisième fois déjà.

— Il faudrait peut-être les rappeler, non ? C'est peut-être urgent !

— Ils doivent avoir les résultats. Mais je n'ai pas envie de gâcher notre week-end, je veux voir mon Arthur cavaler partout et être heureux. Ça attendra lundi. *Ça attendra lundi*, répète-je, pour me convaincre.

Marc ne répond pas. Il enroule son bras autour de mon épaule et me serre contre lui. La vue est imprenable, je garde ma tête posée sur son épaule un moment, à regarder les vallées de couleur feu à perte de vue, taillées par le vent, comme si l'eau y avait laissé son empreinte ancestrale. Arthur est accroupi à côté de nous, en train de tailler un morceau de bois avec son couteau en forme de totem, ou de cuillère, je ne suis pas certaine. Puis cet instant suspendu semble s'accélérer ; le soleil amorce sa descente rapide et les couleurs du paysage tendent désormais vers le marron. Les bouts de mes doigts sont devenus blancs ; je serre, desserre les poings, Marc prend mes mains entre les siennes et souffle dessus pour les réchauffer. Heureusement, le gîte n'est plus trop loin à présent. Mes forces semblent s'amenuiser à la même vitesse que les rayons. Le soleil est devenu une énorme boule rouge qui répand sa couleur comme s'il saignait dans le ciel en toile de fond.

C'est cette même lumière que je retrouve dans les cheveux de Marc qui surveille le feu de cheminée, assis près de l'âtre sur le tapis à même le sol.

Arthur est absorbé par la lecture de son manuel de nœuds. Dehors, le vent s'est levé et souffle bruyamment, faisant vibrer les fenêtres et sifflant dans le conduit de cheminée. Mes souvenirs d'enfance ressurgissent doucement ; la soupe suspendue, léchée par les flammes, l'odeur du bois qui brûle et crépite, la pendule ancienne qui bat la mesure du temps et le silence des habitants occupés à la lecture ou à la réflexion. Il existe un sentiment de plénitude intense dans la simplicité des odeurs et des activités. Ma nausée a disparu, je me sens apaisée à présent. Mon portable est posé sur la table. Ma main s'en rapproche, puis hésite. Je finis par poser mon doigt sur l'écran. Trois appels manqués. Mon cœur bat un peu plus fort, j'entrouvre les lèvres pour mieux respirer. Marc s'est retourné et me sourit tendrement. Il sait que notre avenir se joue sûrement dans le contenu de ces messages. Je prends mon courage à deux mains et décide de les écouter. Les deux premiers me demandent de rappeler l'hôpital sans en préciser la raison. Le troisième message commence par un silence de deux secondes puis la voix de la secrétaire se lance enfin : « Madame Lambert, j'aurais préféré vous le dire de vive voix mais je ne parviens pas à vous joindre. Il m'a semblé important de vous dire que nous avons le résultat de vos analyses et que vous êtes enceinte ! »

Louise

« Vous ne pouvez pas garder cet enfant ! Le traitement ne convient absolument pas à une grossesse ; les rayons et la chimio sont beaucoup trop agressifs pour le fœtus ! explique le professeur Ikarius. Comprenez bien, Madame Lambert, nous sommes à court d'options, car, dans le cas où vous choisiriez de le garder et donc de ne pas vous soigner, les cellules se multiplieraient beaucoup trop vite ! Ce serait du suicide ! Je suis désolé de vous dire cela de manière aussi directe, mais mon rôle est de vous soigner, pas de vous encourager à prendre des risques. Vous pourrez faire un enfant plus tard, rien ne vous en empêchera une fois que vous serez sortie d'affaire. Mais, pour l'instant, nous devons agir vite car le temps presse ! »

Le professeur Ikarius me semble moins éloigné que d'habitude, ses coudes sont en appui sur le bureau, posés sur le dossier qu'il connaît sûrement par cœur. J'imagine qu'il contient les chiffres alarmants, les mots scientifiques et les images de l'échographie que je viens de faire. Tiens, d'ailleurs, on ne m'en a pas laissé une ! J'aimerais tant pouvoir garder cette petite preuve floue de la vie qui grandit en moi.

Étrangement, au moment où le professeur prononce exactement les mots que je ne veux pas entendre, je visualise ce petit garçon vigoureux au regard vif et au rire cristallin, courant partout dans le cabinet médical, me demandant de l'attraper. Je sens son odeur d'enfant, ses joues fermes sous mes baisers et ses petits bras qui se referment autour de mon cou en susurrant « Mama ! ». J'éprouve un amour immédiat pour lui et une tendresse infinie. Il ressemble à Marc, il a les mêmes cheveux et des petites taches de rousseur sur le nez, comme moi. Il aime le chocolat et les cabrioles, les jouets en bois et les livres aux images qui se décollent. Il les lit à l'envers, les secoue, les écorne puis les délaisse pour un train à roulettes, un lapin en peluche dont il enfourne l'oreille dans sa bouche.

Il n'a pas de prénom et je ne sais pas pourquoi. J'ai beau chercher car il est temps de rentrer à la maison, il est tard. Je ne parviens pas à l'appeler. Il y a tellement de choses à faire pourtant : le bain, le dîner, les histoires, les sorties, les activités, les études, les amours, les voyages, la vie ! Ma poitrine se soulève et se baisse de plus en plus vite ; je peine à respirer. Je voudrais crier son nom mais je n'y arrive pas, le son ne sort pas. Je l'ai vu passer derrière le bureau du médecin, pourtant, mais où est-il ? Je ne le vois plus ! Il a disparu ! Rendez-moi mon enfant !

Je suis debout, crispée par les larmes et les cris qui se sont enfin libérés du piège de ma gorge. Marc me prend dans ses bras pour me rassurer mais tout tourbillonne autour de moi : les piles de dossiers, les cadres posés sur les étagères avec les photos des enfants du docteur au bonheur insolent, le voilage des rideaux, les mains, les visages, les voix, puis plus rien. Lorsque je me réveille, tout est redevenu calme. Je suis allongée dans un lit d'hôpital aux draps blancs, mon bras est engourdi ; un compte-gouttes y est relié et le bruit des machines fait écho aux battements de mon cœur. Une scène familière, sans douleur cette fois, et pourtant ma poitrine est si lourde, mes paupières aussi.

— Qu'est-ce qu'ils ont fait à mon bébé ? Ma voix est faible, Marc se rapproche du lit et prend ma main.

— Rien. Ils n'ont rien fait. Mais toi, tu as eu un malaise, une grosse crise d'angoisse. Ils t'ont juste donné de quoi te calmer un peu.

— Je veux rentrer. Ramène-moi à la maison, s'il te plaît.

Marc me rejoint dans le salon avec une tasse de thé fumante qu'il pose sur la table basse. Il a les traits tirés ; l'inquiétude a laissé une empreinte faite de sillons et de creux sombres sur son visage. Il s'assied à côté de moi et me tire tendrement vers lui. Je me laisse glisser dans le canapé et place ma tête sur ses genoux. C'est le seul endroit où je me sens en sécurité. Il a glissé sa main sous mon épaule qu'il retient fermement. Je sens dans la raideur de son corps qu'il s'apprête à aborder un sujet délicat. Mais je ne lui en laisse pas l'occasion :

— Je le veux, ce bébé.

J'ose à peine le regarder en prononçant ces mots. Il retire la main qu'il a placée sous mon bras.

— Tu as bien écouté ce que le médecin t'a dit tout à l'heure ? Parce que moi, j'ai bien entendu et il t'a conseillé tout l'inverse !

— Oui, mais il s'agit de ma santé… et donc de mon choix.

Ma voix est étonnamment calme. Marc bouge ses jambes pour se dégager. Je me redresse face à lui. Il hésite une seconde, humecte ses lèvres :

— Et mon choix à moi, tu y as pensé ? Et celui d'Arthur ? Tu vas nous laisser comme ça, parce que TU as décidé de garder un bébé dans ces conditions ?

— Tu ne veux pas de bébé ?

— Mais arrête, t'es complètement à côté de la plaque ! Tu sais très bien que ça n'a rien à voir avec une envie d'enfant ou pas, c'est juste la question d'avoir envie de te garder TOI. En vie, de préférence !

Les veines sur ses tempes ressortent, le bleu de ses yeux écarquillés s'intensifie. Il passe ses doigts dans sa chevelure comme il le fait quand il est nerveux, bondit du canapé et se rapproche de la fenêtre, dos tourné.

— Tu ne sais pas ce que c'est de galérer pour avoir un enfant !

— Non, en effet, je ne sais pas, mais je sais quand même reconnaître quand c'est une connerie ! dit-il en se retournant, le front plissé et les mains sur les hanches.

— Tu ne sais pas par quoi je suis passée, et à quel point cette grossesse relève du miracle !

Marc se rapproche puis s'assied à nouveau près de moi.

— Louise, calme-toi et regarde-moi, me dit-il en prenant mon visage entre ses mains. Si tu gardes cet enfant, tu risques de mourir !

— Je sais...

Des larmes se libèrent et coulent le long de mes joues. Marc retire ses mains. Ses yeux balaient les miens avec incompréhension. Il attrape son manteau sur le fauteuil et quitte la maison en claquant la porte.

Marc

— Nous allons pouvoir lui enlever ses sondes aujourd'hui, m'annonce l'infirmière qui a accompagné Marie pendant des semaines après sa naissance. Elle a repris des forces, vous allez pouvoir lui donner le biberon si vous le souhaitez. Êtes-vous prêt ?

J'ai hoché la tête. Après tant de nuits à m'inquiéter, j'étais tellement heureux de pouvoir la tenir dans mes bras, dans son petit pyjama en éponge, sa petite main enroulée autour de mon doigt.

— On va s'en sortir toi et moi, je te le promets, lui ai-je chuchoté sans grande conviction.

Avec le recul, je n'aurais jamais dû partir comme ça, il y a deux mois, après notre dispute avec Louise.

Comme un type incapable de contenir ses émotions. Pas à ce moment-là ! J'aurais dû insister, me battre davantage. Mais c'est la seule réponse que j'ai trouvée. La colère, la fuite et la tristesse.

Je ne voulais pas qu'elle me voie dans cet état. J'ai filé à toute vitesse sur les petites routes, en hurlant ma rage, les mains tremblantes sur le volant, me livrant totalement au sort du prochain tournant, du prochain arbre, du prochain fossé. Je m'en suis voulu de ne rien pouvoir faire pour l'aider, pour la sauver. Pour nous sauver. J'ai dû rester prostré des heures, garé sur le bas-côté, à refaire le film dans tous les sens, à maudire cette foutue situation, à en vouloir à la vie et à Louise que je n'aurai pas eu le temps d'aimer jusqu'au bout. Mille fois j'aurais choisi la femme contre l'enfant. Mille fois j'aurais donné ma vie pour sauver la sienne.

Et pourtant, aujourd'hui, quand j'observe notre petite Marie, cette enfant miracle, je comprends mieux. Le cancer a donné quelques mois de répit trompeur à Louise en laissant son ventre s'arrondir, ses cheveux repousser et son appétit revenir. Puis la tendance s'est inversée rapidement : les vertiges se sont succédé et les tumeurs se sont propagées sur le foie et les poumons. Je l'ai regardée dépérir avec impuissance. J'ai puisé dans ce qu'il me restait de courage pour la relever à chaque chute, la consoler tant bien que mal, alors qu'au fond de moi j'avais perdu tout espoir de guérison et de futur.

Louise n'était qu'à six mois de grossesse quand on a dû extraire en urgence le petit corps de Marie par césarienne. Dans son dernier souffle, Louise m'a suppliée de lui pardonner. J'ai à peine eu le temps de lui répondre avec un baiser que les médecins m'ont écarté pour sauver l'enfant. Puis une urgence en a chassé une autre, les chances de survie de Marie étant très faibles. J'ai pris la relève de Louise en accueillant ce petit être à peine plus gros que ma main sur ma poitrine pendant des heures chaque jour, à sentir sa respiration rapide, à observer ses cils pousser, sa peau se remplir, le colimaçon de ses oreilles se dessiner délicatement. J'ai assimilé ses petits sursauts à des envies de bondir de son incubateur, ses moues à des mots et des envies qu'elle souhaitait partager avec moi. Je voulais qu'elle se batte pour que tout cela ait un sens.

Ces longues semaines passées à l'hôpital m'ont permis d'apprendre mon rôle de père à tout petits pas malgré la violence des événements et de ne pas être propulsé avec Marie dans une vie sans Louise du jour au lendemain. Je n'aurais pas pu franchir le pas de la porte d'une maison que je n'ai jamais partagée avec Louise, je n'aurais pas supporté la vision de son bureau vide à l'agence ou, pire, que l'on m'impose un remplacement. J'ai demandé un transfert qui m'a été accordé à l'autre bout de la ville afin de ne plus emprunter la même route et de ne plus l'imaginer partout.

Le plus difficile a été de ranger ses affaires et de sentir son odeur et sa présence dans chaque pièce, malgré l'aide d'Élodie et de Thierry. J'aurais aimé pouvoir tout balancer, mais Louise n'était pas le genre de femme que je pouvais mettre dans un carton au fond de la cave ou chez Emmaüs. Je l'avais attendue toute ma vie et il fallait à présent que j'apprenne à vivre avec son souvenir. Elle laisse une petite version d'elle : une enfant qui lui ressemble et dont le courage me bouleverse jour après jour.

Arthur

Je me suis habitué à ma nouvelle vie chez mon père avec qui je passe plus de temps qu'auparavant. Peut-être parce qu'il veut compenser l'absence de ma mère ou racheter les moments que l'on n'a pas passés ensemble dans mon enfance. Maintenant que j'ai seize ans, c'est sûrement plus facile pour lui, j'imagine. Antoine fait des études de mécanique et vit encore avec nous. Les week-ends, il part parfois loin pour des compétitions d'enduro auxquelles j'essaie d'assister quand je n'ai pas trop de travail ou que je ne suis pas avec Léonie. On est dans la même classe. On ne s'est plus quittés depuis le collège, et être son amoureux est ce qui m'est arrivé de plus chouette depuis la mort de Maman. Elle sait toujours comment me faire rire et me redonner confiance les fois où je me sens moins bien. C'est d'ailleurs elle qui m'a poussé à devenir président du club de théâtre du lycée. J'ai écrit quelques pièces et, dans quelques mois, ma dernière sera jouée au théâtre des Treize Vents. Léonie dit que j'ai un don mais moi je veux juste qu'elle soit fière de moi.

La petite fille aux boucles cendrées qui dépose des fleurs sur la tombe de notre mère est ma petite sœur, Marie. Avec son manteau rose et ses bottines jaunes, elle saute joyeusement dans les flaques de l'allée principale du cimetière. Salomé et ses parents sont venus avec nous, ont troqué le noir contre leurs habits colorés et leurs sourires coutumiers. Maman nous a quittés il y a quatre ans aujourd'hui et je n'ose pas leur avouer que j'ai de plus en plus de mal à me souvenir de son visage, de son rire, de sa présence, même si je pense à elle tous les jours. Il y a comme un trou dans mon cœur, une douleur qui ne part pas, alors que son image, elle, devient de plus en plus floue. Je crois que c'est ce qui me rend le plus triste. J'essaie de me concentrer, en fermant très fort les yeux, sur ses cheveux, sa main, le son de sa voix, mais je ne vois que des flashs furtifs.

Parmi les choses que je garde précieusement de ma mère, il y a la lettre qu'elle m'a écrite quelques jours avant sa mort.

Marc me prend par l'épaule et me serre contre lui. Il a gardé ses lunettes de soleil malgré le ciel gris. Il me paraît moins grand et sa barbe moins rousse. Le temps a parsemé du blanc dans sa barbe, comme si lui aussi avait commencé à s'effacer sans la femme de sa vie. Mes doigts tripotent le coin de la lettre que j'ai glissée dans ma veste pour l'occasion. Je la sors et l'ouvre. La plupart des mots et les pliures ont jauni.

Je baisse mon bras et desserre mes doigts, la lettre fait un bruit de voile dans le vent qui se lève légèrement et l'emporte. Salomé la rattrape au vol et me la tend.

— C'est une lettre de Louise ?

— Oui. Elle est presque illisible maintenant.

— Elle peut quand même rester jolie, me dit-elle en me tendant la main.

J'y dépose la lettre, Salomé la récupère et commence à la plier, chassant de temps en temps la mèche de cheveux qui balaie son visage, puis place la fleur blanche en origami parmi les bouquets.

Soudainement, le ciel s'assombrit et gronde, c'est le signe qu'il est temps de rentrer. Antoine est venu avec sa copine et me lance un petit clin d'œil complice. Thierry ouvre son parapluie pour y abriter Élodie qui se blottit contre lui. Marc a gardé son bras enroulé autour de mon épaule. De l'autre côté, ma petite sœur Marie sautille en balançant joyeusement la main de son père. « Il pleut ! », s'exclame-t-elle en tendant son visage vers le ciel, la langue tendue pour y recevoir l'eau qui tombe du ciel. Les fleurs aussi accueillent les premières gouttes d'eau et une larme d'encre sur la corolle en origami commence doucement à couler.

Des mots surgissent du papier jauni, ces mots inoubliables de ma mère, *mon chevalier... mon Arthur, je ne t'abandonnerai jamais, mon fils, je veillerai toujours sur toi, comme une étoile dans mon ciel, je t'aime.*

La larme d'encre est aussi la mienne, au revoir Maman.

Merci
à Toky Ranaivoson et Béatrice Roger pour l'inspiration
à mes frères Pierre & Philippe
à mes fils Noah & Aaron pour leur indéfectible soutien.

Cet ouvrage a été mis en pages par IGS-CP
à L'Isle-d'Espagnac (16)
Achevé d'imprimer en avril 2025
par Laballery
N° d'impression : 503591
Dépôt légal : avril 2025